罪な再会

マーガレット・ウェイ 作

澁沢亜裕美 訳

ハーレクイン・イマージュ

東京・ロンドン・トロント・パリ・ニューヨーク・アムステルダム
ハンブルク・ストックホルム・ミラノ・シドニー・マドリッド・ワルシャワ
ブダペスト・リオデジャネイロ・ルクセンブルク・フリブール・ムンバイ

HIS HEIRESS WIFE

by Margaret Way

Published by Harlequin Japan, a Division of K.K. HarperCollins Japan, 2024

マーガレット・ウェイ

息子がまだ赤ちゃんの頃から小説を書き始め、執筆しているときが最も充実した時間だった。楽しみは仕事の合間を縫って画廊やオークションに出かけることで、シャンパンには目がなかった。オーストラリアのブリスベン市街を見下ろす小高い丘にある家に暮らしていたが、2022 年 8 月、惜しまれながら 87 年の人生に幕を下ろした。1971 年にデビューしたミルズ＆ブーン社で、生涯に 120 作を超えるロマンスを上梓した。

主要登場人物

オリヴィア・リンフィールド……教師。愛称リヴィ。
ハリー・リンフィールド……オリヴィアの大伯父。農園主。
ジェイソン・コーリー……オリヴィアの元フィアンセ。農園の監督者。
ナタリー・コーリー……ジェイソンの娘。愛称タリー。
ミーガン・ダフィ……ジェイソンの元妻。
レナータ・コーリー……ジェイソンの祖母。
カルロ・デ・ルカ……オリヴィアの友人。
リアン・グラント……カルロのフィアンセ。
グレイス・ゴードン……リンフィールド家の家政婦。

1

　学校のクリスマス休暇を控えた十一月の暑い午後のこと、オリヴィアが市街地に立つ最新流行のアパートメントに戻ると、留守番電話のランプが赤く点滅していた。彼女はキッチンのカウンターにもたれ、靴を脱ぎ捨てながらメッセージの再生ボタンを押した。そして、郵便物を手早くより分けつつ考えた。気分転換にアパートメント内にあるプールでひと泳ぎしよう。早く休暇にならないかしら。今年はいろいろな意味で大変な一年だった。思春期の少女たちは性的な興味を持ちはじめるから本当に厄介だ。

　秘境好きの友人から絵はがきが届いていた。今回はペルーからで、マチュピチュの写真がついている。クリスマスの催しやパーティの招待状、割引サービスの説明がついた電話料金の請求書。生活保護を受ける家族を支援する慈善団体からの礼状も入っている。多額のクリスマス寄付をしたからだ。中学校教師としてのオリヴィアのキャリアはすばらしく、彼女は三年前から有名なオーミストン女子中等学校で働いている。高い給料をもらっているうえ、もともと財産があるとなれば、コミュニティに還元しない手はないだろう。

　最初の留守番電話のメッセージは、最近デートしているマット・エドワーズからで、サンシャインコーストにあるビーチリゾートでロマンチックな週末を過ごさないかという誘いだった。マットと一緒にいるのは楽しいから、考えてみてもいいとオリヴィアは思った。だが、彼は心を奪われる相手ではない。

　マットは辛口のユーモアセンスを持つ魅力的な男性で、現在企業弁護士として名をあげつつある。そして、私と結婚したがっているが、残念ながらその望みは実現しないだろう。私はいつまでたっても彼を愛することができないとわかっているからだ。

愛がどんなものかは知っている。だれかを本気で愛したら、天にも昇る心地になるか、地獄に突き落とされるかで、中間はありえない。本物の愛を知ってしまったあとでは、ちょっとすてきな男性くらいではとうていもの足りない。マットには近いうちに結婚するつもりはないと伝えなくては。私には将来にわたる約束などできない。たぶん直前になって結婚をとりやめた経験があるからだろう。疲れていたり落ちこんでいたりすると、これからずっと一人で生きていくのだと決心したときのことをどうしても思い出してしまう。あのとき私はウエディングドレスとベールを鋏（はさみ）で切り裂き、一週間後には長い髪をばっさり切ったのだった。

「あなたは男性をはねつけてばかりじゃないの、リヴ！」友人のジュリーにはいつもそう言われる。だが、本物の愛を忘れるのはむずかしい。たとえそれが終わってしまった愛だとしても。

留守番電話の二つ目のメッセージは、数学のクラスで問題ばかり起こしている生徒の母親からで、オリヴィアの熱心な指導に対する感謝の言葉が述べられていた。三つ目のメッセージは新婚の同僚からで、マットと一緒にディナーパーティに来ないかという誘いだった。

そして、最後のメッセージが流れだしたとたん、オリヴィアは激しいショックを受けた。手がとまり、レターオープナーが床に落ちた。すぐに悪い知らせだと察し、彼女は電話に駆け寄った。

聞き慣れたその声にいつもの明るさはなかった。長年ハリーに仕えてきた家政婦、グレイス・ゴードンはひどく取り乱していた。あまりに早口でなにを言っているのかもよくわからない。

〝リヴィ、私です。グレイスです〟大きな声が狭いキッチンに響き渡った。〝リヴィ、帰ってきてください〟

オリヴィアはぎゅっと目をつぶった。なにがあったのだろう？　きっとハリーだ。彼はふだんは健康だが、なにしろもう七十歳を越えているのだから。

〝恐ろしいことが起きたんです。あなたの学校に電話しましたが、意地の悪い女性が出てきて、あなたは校長と打ち合わせ中だから呼び出せないと言われました。こんな悲しい知らせを伝えたくはないのですが〟グレイスはそこで言葉を切り、すすり泣きをこらえた。〝ハリー伯父さんのことです〟やはり最も恐れていた事態が起きたらしい。〝彼が心臓発作を起こし、亡くなってしまったんです！　今日の午後三時、ちょうど彼のためにおいしいお茶をいれていたころでした。本当に突然のことで。あんなにお元気だったのに。ジェイソンはよくやってくれていて、とても頼りになります〟

ジェイソン？　その名前を聞き、オリヴィアは衝撃を受けた。カウンターにもたれ、激しく打っている心臓を手で押さえる。ジェイソンは伯父の屋敷でなにをしているのだろう？　彼には二度とあの屋敷に現れる権利などないのに！

〝帰ってきてください、リヴィ〟グレイスはすすり泣きながら哀願していた。〝ジェイソンは、きっとあなたが自分で事を進めたいだろうと言っています。すぐに電話をください〟

どうしたらいいのだろう？　床に散らばった手紙を拾いもせず、オリヴィアはぼんやりと居間に向かい、どさりと椅子に座った。ハリーが亡くなり、ジェイソンがハヴィラーと呼ばれる屋敷をとりしきっているなんて、いったいどういうことだろう？　そもそもなぜ彼がハヴィラーにいるのだろうか？　彼は妻子とともに奥地の牧場に住んでいるはずなのに。

さらに重要なのは、ハリーがなぜ私にそのことを話してくれなかったのかということだ。

なぜなら、ジェイソンの話をしたらあなたがどんなに取り乱すかわかっていたからよ。オリヴィアの内なる声がささやいた。ジェイソン・コーリーは私をひどく傷つけた。はるか昔、二十歳のころ、私は結婚式の前日にジェイソンに捨てられた。そのときはまるで人生が終わったように感じた。そして二十七歳になった今、当時の痛みと屈辱からようやく解放されつつあったのに、彼の名前を聞いただけですべては元に戻ってしまい、苦い涙が頬を流れ落ちた。

さっきのグレイスの口調からして、〝ジェイソン〟とはやはり私のジェイソンに違いない。

私のジェイソンですって？　こんなひどい状況でさえ彼のことを昔のように私のものだなどと考えている自分に、オリヴィアは腹が立った。彼が私のものだったことなどない。彼は私を愛していると言いながら、別の女性とベッドをともにしたのだ。そして、その女性を妊娠させた。心から信じていたからこそ、私は彼を許せなかった。幼なじみで、花嫁付添人まで頼んでいたミーガン・ダフィのことも。

いいえ、今はミーガン・コーリーだ。彼女はジェイソンの妻であり、二人の間にできた子供の母親でもある。もしかしたらそのあとにも子供ができているかもしれないが、私の耳には入ってこない。私がそんなことを知りたくないとみんな知っているからだ。ジェイソンとミーガンのことは私にとって深い傷になっている。それだけに、ハリーがいまだにジェイソンとかかわっていたのが信じられない。私が苦しんでいたとき、ハリーは一緒に苦しんでくれた。

ハリーは厳密には私の大伯父で、父方の親戚（しんせき）だ。両親を鉄道事故で亡くした十歳のときから、ハリーが私を育ててくれた。彼は生涯独身を通し、クイーンズランド北部に代々伝わる屋敷と広大な農園、ハヴイラー・プランテーションを受け継いでいた。リンフィールド家は砂糖業界の先駆けで、国内生産高でも大きな割合を占めてきた。

オリヴィアの両親は遺言書の中で、自分たちの身になにかあったときの娘の後見人としてハリーを指名していた。両親は〝リンフィールド家のすてきな若夫婦〟と呼ばれ、裕福で美貌にも恵まれており、末長くすばらしい人生を送るはずだった。

だが、そうはならなかった。理想的な結婚生活が十二年目に入ったとき、二人はまだ三十代の若さで事故死した。死には貧富の差などないのだ。

最後にハリーと話してから一週間もたっていないことが、オリヴィアには信じられなかった。ときおり彼女はどうしようもなくハヴィラーに帰りたくなったが、帰ってもつらくなるだけだとわかっていた。あの場所にはあまりにも思い出が多すぎる。私たちの結婚式はハヴィラーの巨大な納屋でおこなわれるはずだった。ハリーは金に糸目をつけず納屋を大改装し、パイン材を敷きつめたすばらしい大広間を作った。だれもが幸せそうで、興奮していた。私はジェイソンを心から愛していた。彼なしでは一日たりとも生きていけないと思っていたし、彼に夢中だった。そして、ジェイソンも私を愛してくれていると思っていた。

だが、すべては嘘だった。真実の恋人だと信じていたジェイソンには秘密があったのだ。

そんな私の心の傷を理解し、私の仕事での成功を喜んでくれていた最愛のハリーが、亡くなってしまった。伯父がいつでもそばにいて自分の人生にかかわってくれたことが、今となっては途方もなくすばらしいことに思える。オリヴィアは二十歳になる前に大学で教育学の学位を取得した。ジェイソンとの間に子供ができるまでは地元の高校で何年か働くつもりだった。そして、子供に手がかからなくなったら再び教師の仕事に戻ろうと思っていた。

そんな計画ははかない夢でしかなかったのに！

でも、どうして私にそのような結末が予想できただろう？　だれもがジェイソンは私を深く愛していると言っていた。私を見つめる彼の瞳や、私に話しかける彼の甘い声からもそれは明らかだと！

ジェイソンがミーガン・ダフィと結婚して子供を持つと知ったときは全身に鳥肌が立った。ミーガンはとてもおとなしい女の子だったのに、その行動はすばやかった。ミーガンの父親と兄はハリーの工場で働いていた。ほかの会社の工場が閉鎖を余儀なくされたとき、親切なハリーは職を失った工員たちを自分の工場で引き受け、その家族にもよくしてきた。それなのに、ミーガンときたらひどい裏切りをしたのだった。彼女がジェイソンの子供を身ごもったというニュースには地域全体が衝撃を受けた。ジェイソン・コーリーとオリヴィア・リンフィールドはすばらしいカップルだと、だれもが思っていたからだ。

人生に確実なものなどないと実感するのは、これが初めてではない。ジェイソンが驚くべき知らせを持って現れたあの日、私は二度と彼に会うまいと決心した。そして、すぐにブリスベンへ引っ越し、修士の学位をとるために大学院に入学した。それからがむしゃらに勉強し、目標に向かってひたすら突き進んだ。

それ以来、故郷には帰っていない。かわりにハリーのほうが私に会いに来た。そのたびに私は精いっぱい伯父をもてなした。もちろん、二人ともジェイソンの話題は持ち出さなかった。そんなことをすればすべてがだいなしになるとわかっていたからだ。ジェイソンは私の人生をめちゃくちゃにした。私は長い間、彼を心の底から憎んでいた。だが、憎しみは長くは続かず、私はいつしかすべてを受け入れるようになった。そして、ハリーが亡くなった今、故郷に帰らなくてはならなくなり、さらなる勇気が必要とされていた。

オリヴィアの中にふいに懐かしさがこみあげた。ハリーの姿が頭に浮かび、彼の愛情に包みこまれたような気がした。一方で、ジェイソンの記憶がよみがえってくるとこめかみがずきずきした。彼のつややかな赤褐色の髪、深いブルーの瞳。赤毛にしては珍しい、日に焼けたオリーブ色の肌。それはイタリア人の祖母、レナータから受け継いだものだった。よく笑うところや大胆な性格も、情熱的で、自然を愛し、食べ物やワインに目がないところも。ジェイソン・コーリーはまさに理想の恋人で、それがオリヴィアにとっての悲劇だった。自分はなにも悪いことなどしていないのに、彼女は永遠の苦しみを背負うことになった。

オリヴィアの中に悲しみがこみあげ、胸が大きく上下した。私はハリーの相続人。それは周知の事実だ。ハリーには昔から〝私の最愛の娘〟と呼ばれていた。それを思い出すと涙がこみあげてくる。何度ハリーにいとおしげにそう呼ばれただろう？　ハヴィラーが私のものになると思うと、恐ろしいほどの責任を感じる。私を取り巻く状況も一変するだろう。もちろんリンフィールド一族の規模は大きく、遠い親戚はたくさんいるが、リンフィールドの姓を名乗っているのは私だけだ。ハヴィラーは代々受け継がれてきた巨大な屋敷であり、かつて北部で最大にして最高の豊かさを誇った砂糖プランテーションの中心地でもある。私が子供のころ、砂糖はこの国の最大の産業であり、直接的にしろ間接的にしろ、多くの人々の生活がそこにかかっていた。だが、さまざまな原因で砂糖の価格は下がり、人々がうらやむような豊かさを享受してきた農園主も、生き残るために多角経営を学ばなくてはならなくなった。

そして、ハヴィラーはその先陣を切ってきた。

ジェイソンに裏切られて故郷をあとにするまで、オリヴィアはハリーの多角経営に大きな関心を持ち、彼の扱っていたトロピカルフルーツやコーヒー、紅茶、綿などの農園経営について広く学んでいた。ハリーはビジネスで危険を冒すタイプではなく、もともと慎重な性格なので確実な取り引きにこだわった。だが、どんな基準に当てはめてみてもハリーは裕福だった。オリヴィアの二十六歳の誕生日プレゼントは、ルビーとダイヤがついたすばらしいイヤリングだった。それをつけるたびに彼女はプリンセスになったような気分を味わった。

野心家の資質があったのは、むしろジェイソンのほうだった。彼はしばしば多角経営をさらに広げたらどうかとハリーを説得していた。ジェイソンは鉱業採掘にとても興味を持っており、ハリーにクイーンズランド中部の金脈を手がけるよう説得したが、ハリーは最後の最後に手を引いた。もちろんそのビジネスは大成功をおさめ、今でもその金脈を所有する会社の株価は上がりつづけている。

ミーガンが妊娠したことで、多くの人の人生が変わった。オリヴィアは故郷を離れ、ブリスベンで再出発しなくてはならなくなった。ジェイソンも針路を変更し、大分水嶺(れい)山脈を越えてやはり故郷から遠く離れた奥地に移った。彼がなぜ牧場の監督になったのかはわからない。家畜のことなどなにも知らないはずだが、雇主はジェイソンの覚えの早さを見込んだのかもしれない。私と同様、彼もできるだけ遠くに行き、まったく別のことに挑戦してみたかったのだろう。あるいは、妻子を養うにはそうするしかなかったのだろうか？　コーリー家は貧しく、ジェイソンは奨学金で大学に行った。昔からジェイソンを気に入っていたハリーも彼を援助していたが、それは結局あんな結果になってしまった。

ジェイソンはミーガンとベッドをともにし、彼女を妊娠させたが、それは酔ったあげくの一夜限りの情事だったらしい。少なくとも、ジェイソンはそう言った。自分でもいったいなにがあったのか、まったく覚えていないと。そうだとしても、私は彼を許せなかった。ジェイソンは責任をとってミーガンと結婚したが、彼女を愛していたわけではなかった。それどころか、彼女にはよくわからないところがあると言ってうとましく思っていたようだった。

とにかく、現在ジェイソン一家は故郷に戻ってきているらしい。それに、ハリーが亡くなっているのを見つけたのは、よりによってジェイソンだったという。彼のことはなんとしても忘れてしまいたかった。だが、今やハリーが亡くなり、私は再びジェイソンと顔を合わせなくてはならなくなった。

2

畑は焼けるような暑さだった。紺色のタンクトップにジーンズを身につけたジェイソンの肌に、汗が光った。彼は小型トラックのシートでソーダを飲みながら、真っ赤な自動刈り取り機が砂糖黍(きび)をすばやく刈り取っていくのを見守っていた。収穫から圧搾までの全工程はコンピューターで管理され、農園も工場も効率よく運営されている。ジェイソンはハリーにすべてをまかされていた。もう一度チャンスを与えてくれた彼をがっかりさせるわけにはいかない。

今日はこれから屋敷で午後のお茶を一緒に飲もうとハリーに誘われている。ハリーと過ごすのは楽しいし、彼のほうも、過去の出来事にもかかわらず、僕と過ごすのを楽しんでくれているようだ。それになにより、ハリーと一緒にいるとまだどこかでリヴとつながっていると感じられる。

僕がどんなにリヴを愛していたか！　彼女が僕にもたらした喜びを思うと今も胸がいっぱいになるが、ふだんは彼女のことをできるだけ考えないようにして、仕事に熱意を傾けてきた。二年前、最愛のオリヴィアを捨てた罪を故郷の人々が忘れ、あるいは許してくれたころ、僕はハリーのところへ戻ってきたのだった。オリヴィアは今もきっと昔のままに美しく聡明な女性だろう。この地域はさまざまな民族が集まっているのでエキゾチックな美人が多いが、オリヴィアはその中でもずば抜けて美しかった。

オリヴィア・リンフィールドは地元のプリンセスだった。男たちはだれもが彼女に憧れていたが、彼女は僕を選んだ。自分とはまったく身分の違う僕を。

ジェイソンの父親は十六歳で砂糖黍を刈り取る仕事についた。まだ自動刈り取り機が現れる前の話だ。母親は大きな屋敷で使用人として働いていたが、これは学歴のない者にとっては割のいい仕事だった。ジェイソンが十二歳になったとき、父親が彼と母親を捨てた。癇癪持ちでいつも不機嫌だった父親は、ある日ふといなくなってしまった。

「いい厄介払いだよ！」イタリア人の祖母は拳を振りまわして叫んだ。「あんな乱暴な男！」確かに父は何度か母に手を上げたことがあったが、根っから悪い男だったわけではなかった。ただ、少し神経質で、肉体労働には向いていなかった。父は頭もよく、相当なハンサムだったから、母はよくうっとりとつぶやいたものだった。彼は背が高く、筋肉質で、身のこなしは豹のように優雅だったわ、と。父は読書が好きで、いつもなにかを学びたがっていた。祖母は母があまりにも父を愛していたのに嫉妬し、父のことを野蛮人扱いした。本当はそんなひどい人物ではなかったのだが。

父は最後には絵を描きたいと言いだした。しかし、絵描きになるには遅すぎた。それでもニール・コーリーはいつも絵を描いていた。人間、動物、鳥。妻に宛てた置き手紙には、ゴーギャンのように生きるつもりだと書いてあった。父はあの有名な画家のように妻子を捨て、船でタヒチまで行ったのだろうか？

それ以来、父からは一度も連絡がない。

そういえば、父はいつも言っていた。おまえはいつかリヴに捨てられるだろうと。結局はそのとおりになった。今はもう彼女のことは考えたくない。彼女はつらい過去をまざまざとよみがえらせる。

ミーガンが車のそばに来るまで、ジェイソンは彼女に気づかなかった。助手席の窓を軽くたたかれ、彼は窓を開けた。

「やあ、ミーガン」ジェイソンは無理やりほほえんだが、いやな予感がした。ミーガン・ダフィには好意を持っていなかった。リヴはいつも彼女にやさしくしていて、花嫁付添人まで頼んでいたが、ジェイソンはあまり気が進まなかった。実を言うと、彼はミーガンの兄のショーンの誕生パーティで彼女との間に間違いを犯していたのだ。「どうかしたのかい？」

「話があるの、ジェイソン」ミーガンの顔は青ざめ、目の下には隈ができていた。

恐怖にも似た感情がジェイソンの体を貫いた。

「じゃあ、乗ってくれ。これからリヴに会いに行くところだから、途中で君を降ろすよ」親しげな口調を装おうとしたが、彼はミーガンを見ているだけでパニックに陥りそうだった。彼女が助手席に乗りこむとひどく息苦しくなり、ジェイソンは唾をごくりとのみこんでから尋ねた。「話ってなんだい？」

彼女は消え入りそうな声で言った。「終わりだわ」

ジェイソンは恐怖のあまり笑いだした。「なにが終わりなんだい？」

「二カ月なの」そう言うと、ミーガンは頬と鼻の頭を赤くして泣きだした。「妊娠したのよ。ずっと気分が悪くて。あなたの子供よ、ジェイソン。私はバージンだったんだから」

「本当なのか、ミーガン？」ショックのあまり手が震えるのを感じつつ、ジェイソンはうめいた。「たった一度じゃないか。それに、僕はなにも覚えていない。あんなにひどく酔ったのは生まれて初めてだった。医者には行ったのかい？」自分も気分が悪くなりながら、彼は尋ねた。

「こんな小さな町で？」ミーガンは手の甲で口元をぬぐった。「それに、まずはあなたに話さなくてはならないと思って。子供の父親はあなただから」

「ああ、ミーガン！」ジェイソンは屈辱のあまり拳で膝をたたいた。「なぜこんなことに？」

「ごめんなさい」ミーガンは弱々しく言った。「でも、あのときあなたはものすごく強引だったの。まるでレイプするような勢いだったわ。もちろんだれにも言うつもりはないけれど」

おどおどしていたミーガンの口調に、急に脅しめいた響きが混じった。ジェイソンはブレーキを踏み、道路のわきに車をとめた。「そんなはずはない」彼はミーガンをにらみつけた。「僕は確かにばかなことをしでかしたが、君に無理強いなどしていない。僕は絶対にそんなことはしない。妊娠して気が動転しているのはわかるが、あのときは君のほうが僕をそう仕向けたんじゃないのかい？」

「あなたは自分で言ったじゃないの、ひどく酔っていたって」ジェイソンを見つめるミーガンの瞳に涙があふれた。「私は怖いの。父にわかったら殺されるわ。私はバージンだったのよ。シーツに血がついていたでしょう？」

ジェイソンは反論した。「血なんてなかった」

「あなたが見なかっただけよ」ミーガンは悲しげに言った。「翌日までひどい二日酔いだったんだもの。こうなることを私が望んでいたと思う、ジェイソン？　私だってショックなのよ。トイレに閉じこもり、気持ちを落ち着けようとするのがどんなに大変かわかる？　今朝、ママになにか隠しているんじゃないかときかれたわ。ママは気づいているかもしれない」

「君が妊娠したと？」ジェイソンはミーガンの平らな腹部に目をやった。

「ええ」ミーガンはみじめに答えた。「あなたがなにを考えているかはわかるわ、ジェイソン。私を憎んでいるんでしょうね」

ジェイソンはハンドルに腕をかけ、そこに顔を埋めた。「憎んでなんかいないさ、ミーガン。君が悪いわけじゃない。悪いのは僕だ」

「じゃあ、私たちはこれからどうするの？」

ジェイソンは苦しげにうめいた。世界から太陽が消えてしまったような気分だった。愛するリヴを失い、僕はどうやって生きていけばいいのだろう？　もう死んだも同然だ。だが、彼はやがて体を起こしてきっぱりと言った。「君の面倒は僕がみる。その子は僕の子供でもあるから、僕が責任をとる。ずっとわかっていたんだ。僕には決してすばらしい人生なんて手に入らないと」

リヴは僕の美しい夢だった。僕にはもったいない女性だといつも思っていたのだ。

ミーガンはジェイソンに手を伸ばそうとしたが、彼はすばやく身をかわした。「オリヴィアはあなたを愛しているわ」彼女はしぼり出すように言った。

「彼女は別の男を見つけるさ」僕の人生は終わった。

そう思いながら、ジェイソンはつぶやいた。

怒りがおさまってくると、ジェイソンはミーガンが哀れになってきた。彼女の父親ジャック・ダフィは酒好きで乱暴な男だから、きっと娘につらくあたっているのだろう。ミーガンは僕の助けを必要としているし、おなかの子供もそうだ。今はなにより子供のことを考えなくてはならない。自分の父親に捨てられたジェイソンには、責任をとって子供を育てること以外の選択肢は考えられなかった。

「僕たちの子供には未来がある」彼は言った。「僕は逃げたりしない」

一時間後、ジェイソンは意を決してオリヴィアに会いに行った。彼女はハヴィラーの大きな階段を駆けおりてきた。つややかな長い黒髪が風にはためく旗のように揺れていた。彼女の輝くばかりの笑顔がジェイソンの心を引き裂いた。「またプレゼントが届いたのよ」彼女はそう言って顔を上に向け、ジェイソンのキスを待ち受けた。

彼はキスするかわりにオリヴィアを抱き寄せた。僕にはもう彼女にキスする資格などない。「話があるんだ、リヴ。ちょっと外を歩かないか?」その声には激しい感情がこもっていた。

「もちろんよ、ダーリン」オリヴィアはジェイソンの腰に腕をまわした。「どうしたの?」彼のハンサムな顔が苦しげにゆがんでいるのを見て、オリヴィアはふいに恐怖に襲われた。

「悪い知らせがあるんだ、リヴ」ジェイソンは言い、オリヴィアを屋敷の正面のテラスへと促した。

「お母様のことじゃないわよね?」オリヴィアは淡いグレーの瞳で心配そうにジェイソンを見た。彼の母親アントネッラは体が弱かったからだ。

「母は元気だよ。別の話だ。庭を歩こう」

「なんだか怖いわ、ジェイソン」オリヴィアは彼に腕をからませ、その険しい横顔を見つめた。

「君にはどんなに謝っても謝り足りない」これからどんな苦しみが待ち受けているか、そのときのジェイソンはまだ本当にはわかっていなかった。

オリヴィアはジェイソンの腕を揺さぶった。「なんなの、ジェイソン？」彼女は必死に頭を働かせた。数時間前に話したときは、彼は最高に幸せそうだった。それが今は日に焼けた肌まで色を失っている。

ジェイソンは庭へ続くアーチ形の入口のわきで足をとめ、そこに飾られた薔薇(ばら)をぼんやりと見つめた。結婚式のために取り寄せたピンク色の薔薇が滝のように垂れさがっている。「どう話していいかわからないんだ、リヴ。こんなひどい言葉を口にするのは生まれて初めてだよ。君とは結婚できない」

オリヴィアは呆然(ぼうぜん)とジェイソンを見あげた。そして、彼の言葉を振り払うように首を振った。「なにを言ってるの、ダーリン。私たちは明日、結婚するのよ。私はあなたを愛している。そして、あなたも私を愛しているじゃないの」

「君とは結婚できないんだ、リヴ」ジェイソンの中に悲しみがどっとこみあげた。彼はオリヴィアの頬を撫(な)でようと手を上げかけたが、途中で下ろした。「数カ月前、僕は愚かな過ちを犯した。決して許されない過ちを」

オリヴィアは祈るように両手を組み合わせ、不安げに言った。「話して」

「僕は君を愛している、リヴ」ジェイソンはささやいた。死んでしまいそうな気分だった。「自分の命さえ惜しくないほどに。でも、僕は君にふさわしくない男だとずっと前からわかっていたんだ」

「そんなことはないわ！　いったいなんの話をしているの？」オリヴィアは彼のシャツをつかんだ。

「さっき、ミーガン・ダフィが僕のところに来た」ジェイソンはきっぱりと言った。「そして、妊娠しているると告げた」

オリヴィアは目を見開いた。「ミーガン・ダフィ！　彼女が私たちとどんな関係があるの？」彼女はふいにジェイソンに背を向けた。「いいえ、これ以上知りたくないわ。あまりにも幸せすぎたから、神様が私に罰をお与えになったのね？」

「お願いだ、聞いてくれ、リヴ。こんな話をしなくてはならないなんて、僕もどうしようもなくつらいんだ。だが、僕はその子供の父親なんだよ」

オリヴィアはしばらく彫像のように立ち尽くしていたが、次の瞬間、荒々しくジェイソンの方に向き直った。「わけがわからないわ。あなたが父親？　どうしてそんなことに？　あなたは私を愛していた。そして、私たちは結婚するはずだった。そうでしょう？　あなたは嘘をついているのよね？」

ジェイソンはこらえきれずオリヴィアの両手をしっかりと握った。「僕は最低の男だ」

「ジェイソン、やめて！　もう耐えられないわ！」

オリヴィアは両手を振りほどき、あとずさった。涙があふれてきたが、何度もまばたきをしてなんとか抑えこんだ。激しい怒りがこみあげてきて、ジェイソンを殴りたかった。彼を傷つけたかった。彼は私を死ぬほど傷つけたのだから。「ミーガンをここに連れてきて」オリヴィアは体を震わせながら言った。「彼女の顔を見たいの。ルーシーに忠告されていたのよ。ミーガンに花嫁付添人を頼むのはやめたほうがいいと。でも、お人よしの私は彼女を気の毒に思っていた。彼女の父親はひどい男よ。あなたは彼に殺されるかもしれないわね。いったいなぜミーガン・ダフィが妊娠するの？　どうしてそんなことが起きるの？　あなたには私がいたのに。あなたは私を愛しているんでしょう？　何度も何度もそう言ったじゃない。ミーガン・ダフィのことなんか好きじゃないんでしょう？　そんな女性とどうしてベッドをともにしたりできるの？」

　オリヴィアの言葉がナイフのように胸に突き刺さった。「酒さ。ほかにありえないだろう？」ジェイソンはみじめな気分で言った。「ひどく酔っていたんだ。二カ月前のショーンの誕生パーティの夜のことだよ。僕は本当はあんなパーティに出たくなかった。だが、ショーンは同じチームの仲間だから、顔ぐらい出さなくてはと思ったんだ」

　オリヴィアは必死で泣き叫びたいのをこらえた。泣くのはあとで一人になってからでいい。「同じチーム？　あなたはスポーツ万能で、私はそれが自慢だった。でも、ショーンは……。彼がドラッグに手を出していることは知ってるでしょう？　どうしてあんな人とつき合ったりするの？」オリヴィアはジェイソンの胸を強くたたいた。「あなたが私の花嫁付添人のミーガンとベッドをともにしたですって？あまりにもひどい話だわ」オリヴィアは自分の体を抱き締め、必死に倒れまいとした。「これは悪い夢よね？」彼女はぼんやりと青い空を見あげた。「そうでしょう？」

　ジェイソンは打ちひしがれ、赤褐色の頭を振った。「僕もどうしてこんなことになったのかわからないんだ、リヴ。そんな出来事があったのさえ信じられない。時計の針を戻すためならなんだってするよ。君をこんなに傷つけた自分を絶対に許せない」

「傷つけたですって？　私が受けた屈辱はどうなるの？」オリヴィアは自分を抑えることができなかった。「あなたは私をこれ以上ないほど侮辱したのよ。私はあなたに心も魂も、哀れなこの体も捧げた。でも、あなたはミーガンと結婚するつもりのようね。どうぞお幸せに。まったく、私はなんて愚かだったのかしら。ミーガンはとんだ裏切り者だったのね。私は彼女にやさしくしているつもりだったけど、結局は彼女に利用されていた。幸せのあまり有頂天になっていて、自分の目の前でなにが起きているかまったく気づいていなかったんだわ」オリヴィアは苦しげに息を吐き出した。ふいに怒りが悲しみに取ってかわられた。「ああ、ジェイソン！　私がどんなにあなたを愛していたか。その美しいブルーの瞳はあなたの魂を映していると思っていた。でも、あなたには魂なんてなかったのね」

ジェイソンは震えながら息を吸いこんだ。「ああ、そうみたいだ」僕はオリヴィアを失ってしまった。すべてをだいなしにしてしまった。

「ずっとあなたを愛していた」オリヴィアは苦しげに言った。「ハリーもあなたが好きだったし、あなたを家族に迎えることを誇りに思っていた。でも、あなたは私たちを、それに自分自身をも裏切ったのよ」

「わかっている」ジェイソンは自分が救いようのないろくでなしに思えた。

「わかっている、ですって？」オリヴィアは顎を上げた。「言いたいことはそれだけ？　あなたは最低の男ね、ジェイソン！」彼女は怒りのあまり瞳をぎらつかせた。そして、ダイヤモンドの婚約指輪をはめた左手をゆっくりと上げ、ジェイソンのハンサムな顔を思いきりたたいた。彼の顔には赤い跡が残り、立て爪の指輪がつけた小さな傷から血が流れた。

「帰って」その言葉には軽蔑がこもっていた。「これはあなたからもらった指輪だけど、あなたにとってはなんの意味も持っていなかったみたいね」オリヴィアはうんざりしたように指輪を抜き取り、ジェイソンに投げつけた。「もう二度とあなたの顔は見たくないわ。出ていって、ジェイソン・コーリー。そして、二度と顔を見せないで」

トラックの窓から土で汚れた大きな手が入ってきて肩に触れ、ジェイソンは我に返った。「ああ、ブルーノ」

「大丈夫かい、相棒？」トラクターを運転していたブルーノが心配そうにジェイソンを見ていた。「トラックの中は暑いだろう。冷たいビールを飲みに小屋に行くけど、一緒にどうだい？」

ジェイソンはまばたきをして、なんとかさりげない表情を装った。「いや、結構だよ」自分でも驚くほど自然な声が出た。「一人で行ってきてくれ。僕はミスター・リンフィールドに呼ばれているんだ」彼は腕時計に目をやった。「そろそろ行かないと」

「それじゃ、またあとで」ブルーノはトラックから離れ、ジェイソンが車を発進させると手を振った。

この絶望とむなしさをなんとか吹き飛ばさなくてはならない。ジェイソンは自分に言い聞かせた。記憶は突然よみがえってくる。月日がたつにつれ、少しずつ落ち着きを取り戻しはしたが、僕は周囲の人たちが思うほど強くもないし、自信に満ちているわけでもない。過去のことを思い出すだけで、すぐに暗闇にほうり出されたような気分になってしまう。なぜ今日に限って昔のことなど思い出したりしたのだろう？　このところ、リヴの夢さえ見ていなかったのに。ジェイソンは無意識の領域でさえ、自分をしっかりとコントロールしていた。僕には責任があるし、ハリーはますます僕を頼りにしている。今では僕が実質的にハヴィラーをとりしきっているのだ。

ジェイソンは仕事を覚えるのが早かった。ハリーが一度言えば、すぐに物事を理解した。だからこそ、カランバ牧場のオーナーもジェイソンを雇った。彼が故郷に戻ってきたのは母親が末期の癌だとわかったときだったが、その母親はあっけなく死んでしまった。しかし、大好きな母親を失ったつらさをかかえつつも、生きていかなくてはならなかった。彼には面倒をみなくてはならない幼いタリーがいたからだ。タリーは彼のブルーの瞳を受け継いだ、とてもかわいい子供だった。ミーガンにはまったく似ていなかった。つややかな黒い巻き毛はイタリア人の血筋を思わせたが、肌はオリーブ色ではなかった。

屋敷に近づくと、ピンクやクリーム色やブルーの睡蓮(すいれん)が浮かぶ沼のそばのベンチにハリーが座っているのが見えた。ハリーのようすにどことなく不自然なものを感じ、ジェイソンは急ブレーキをかけて車をとめ、砂利道に降りた。それでもハリーがこちらを見なかったので、ジェイソンは口に両手を当てて彼の名前を叫んだ。きっと彼はあまりの暑さに丘の上の屋敷まで歩けなかったのだろう。

今度はハリーもこちらに気づいてくれるだろうと思ったが、彼はなんの反応も示さず、相変わらず緑色の水面を見つめていた。

ジェイソンは気がつくと芝生の上を走りだしていた。「ハリー?」今まで何度も悲しい目にあってきた彼は、最悪の結果を予想しつつあった。

ハリーから返事はなかった。

彼のもとへたどり着くと、ジェイソンは見慣れた白いパナマ帽の下をのぞきこんだ。

ハリー！　大好きなハリー！　大切な友達！　僕はまた大切なものを失うのか？　ジェイソンは彼のやせた肩にやさしく手を置いた。ハリーは彼にとって父親代わりだった。オリヴィアを失った深い悲しみを、彼は理解してくれた。彼の足元にはパン屑(くず)の入った紙袋が落ちていた。エメラルドグリーンの芝生の上にもパンのかけらが散らばっていた。ハリーの穏やかな表情を見て、ジェイソンは少しほっとした。ハリーはかわいがっていた黒鳥に餌(えさ)をやっているときに亡くなったのだろう。ジェイソンは睡蓮の浮かぶ水面を見渡し、静かに祈った。

泣き叫ぶグレイスとともにハリーの亡骸(なきがら)を屋敷に運んでからようやく、ジェイソンは今後のことについて考えはじめた。すぐにオリヴィアに知らせなくては。彼女はハリーの一番近い身内で、相続人なのだ。グレイスをなだめて連絡させなくてはならない。僕から連絡を受けるなんて、オリヴィアは我慢できないだろう。彼女はまだ、僕が奥地の牧場で働いていると思っているのだから。ハリーはハヴィラーが大きく様変わりしたことや、僕を雇って仕事をまかせていることをオリヴィアには黙っていた。話したらきっと彼女が拒否反応を示すと思ったからに違いない。

オリヴィアがハヴィラーを相続したら、僕はここを出ていかなくてはならないだろう。タリーがとても気に入っているこの場所を。だが、ここを去るのはハリーの墓に彼の大好きな真紅の薔薇を供えてからだ。

3

オリヴィアは予定よりだいぶ早い飛行機に乗ることができた。校長に訃報を伝えると、彼女は心の底から哀悼の意を示し、このまま年末の休暇をとってかまわないと言ってくれた。そして、最後にオリヴィアの今年の仕事ぶりをねぎらってくれた。

空港に着いたらグレイスに電話をかけて迎えを寄こしてもらおうと、オリヴィアは思っていた。いくらグレイスでも、ジェイソンを寄こしたりはしないだろう。昨夜はハリーを失った悲しみに加え、なぜ彼が亡くなったときにジェイソンがそばにいたのか考えていて、夜明けまで寝つけなかった。

ジェイソンは体の弱かった母親と過ごすために故

郷に戻ってきたのだろうか？　それとも、彼の祖母のレナータが亡くなったのだろうか？　まさか。レナータは老いに負けるような人ではない。だが、そんな考えはばかげている。どんな人生にも変化は起きるのだ。

ミーガンの家族になにかあったのだろうか？　それについてはまったくわからない。オリヴィアはミーガンの存在を自分の中で切り捨てていた。彼女のことなど思い出したくもなかったし、彼女がジェイソンの妻であり、彼の子供を産んだという話はいまだに信じたくなかった。

私はなんて世間知らずだったのだろう。ミーガンが以前からジェイソンのことを好きだったと気づいたのは、だいぶあとになってからだった。ミーガンだけではない。女性たちはだれもがジェイソンに夢中だった。日に焼けたハンサムな顔、がっしりとした体つきに優雅な身のこなし、そして強烈なセックスアピールが女性たちを強く引きつけていた。

だが、ジェイソンは私のものだった。彼の愛を疑ったことなど一度もなかったし、ほかの女性に対して嫉妬を感じたこともなかった。ジェイソンは私を愛していたし、私も彼を愛していた。裏切りなどという言葉が頭に浮かんだことすらなかった。

ミーガン・ダフィが現れるまでは。

二時間ほどで飛行機が着陸すると、オリヴィアは荷物を受け取ってカートに載せた。それから屋敷に電話をかけたが、だれも出なかった。五分待ってもう一度かけてみたが、まだだれも出ない。こんなことならブリスベンから電話をかけておけばよかった。きっとグレイスは私が着くまであと数時間はかかると思っているのだろう。私の部屋を整えているか、屋敷中を掃除しているに違いない。葬儀のあとで参列者たちが屋敷に立ち寄るだろうから。

ハリーの葬儀。

オリヴィアは唇をきつく噛み締めた。そして、なんとか平静さを取り戻して顔を上げ、ターミナルの外にタクシーが並んでいるのを見つけた。

「お持ちしましょう」ポーターが現れてカートの横に立った。「お迎えがいらっしゃるのですか？　それともタクシーで？」

「タクシーを使うわ。ありがとう」オリヴィアは彼に向かって感謝の笑みを浮かべた。

タクシーは背の高い椰子の木の並ぶ道を進んでいた。空港に降り立った瞬間、オリヴィアは故郷に帰ってきたと感じた。ここは南国の花の香りと潮の香りが漂う熱帯地方だ。タクシーは冷房がきいていて快適だったが、熱帯の空気を感じたくて彼女は窓を少し開けた。見渡す限りエメラルドグリーンの植物が生い茂り、鮮やかな色の花が咲き誇っている。頭上には深いコバルトブルーの空が広がっていた。

雨季に入る直前の景色は本当に美しい。金色のカスカラが咲き乱れ、美しい鳳凰木が景色に彩りを添えている。大きな花をつけたマグノリア、鮮やかなオレンジの花をつけたチューリップの木、さまざまな色のブーゲンビリア。オリヴィアはいとおしげにそれらを眺めた。

「すばらしい場所ですね」運転手が感嘆したように周囲を見渡した。「こちらにお泊まりなんですか？」

「ここは私の家なの」

「まさか」運転手は驚き、急ブレーキをかけそうになった。「ミスター・リンフィールドのお屋敷が？」

「彼は私の伯父なの。厳密には大伯父だけど」ハリーが亡くなったとは言えなかった。そんなことを言ったらたちまち噂が広まってしまうだろう。

「なるほど」運転手は肩ごしにオリヴィアを見て、にっこり笑った。「あなたもお屋敷もとても美しい」

タクシーはテラスへと続く白い大理石の階段の前にとまった。運転手が荷物をベランダまで運んでくれている間、オリヴィアは太陽の光を浴びながら大きな屋敷を見あげた。コロニアル風の豪邸は外壁が白く、昔はグリーンだった鎧戸は今は紺色に塗られていた。屋敷の中央部分は堂々とした二階建てで、両側に一階建ての翼が伸びている。

私の心は決してここを離れることはなかったと、オリヴィアは改めて思った。静かで平和な雰囲気も昔のままで、地所全体にハリーの善良な精神が息づいているかのようだ。

オリヴィアは運転手にたっぷりチップをはずんだ。長時間の運転にもかかわらず、彼は愛想よく、礼儀正しい態度を保ってくれた。タクシーが行ってしまうと、オリヴィアはふいに悲しみに襲われた。

もうハリーの出迎えはない。あたりには梔子とプルメリアの濃厚な香りが漂っている。目の前に広がる光景は以前よりもさらに美しく見え、広大な芝生は完璧に手入れされている。きっとハリーはこの地所を管理するすばらしい監督を見つけたに違いない。

さあ、階段をのぼるのよ。オリヴィアは自分に言い聞かせ、なんとか足を動かした。ここは今や私の家、私の屋敷だ。ハリーの葬儀ではジェイソンと顔を合わせなくてはならないが、なんとか乗り切るしかない。暑さでシルクのブラウスが背中に張りつく。熱帯の花の香りの混じった熱い空気はひどく官能的だ。夜の浜辺でジェイソンと愛し合った記憶がよみがえってくる。寄せては返す海。敷物に入りこむ白い砂。二人の体が奏でるリズム。ジェイソンにキスされ、愛撫されると、私の体は燃えあがった。

心が熱くなるのを感じながら、オリヴィアは階段をのぼりおえてテラスに足を踏み入れたが、グレイスの姿は見えなかった。

オリヴィアは白い大理石の玄関ホールに入ってい

った。なにを見てもハリーを思い出してしまう。とくに、クリスタルボウルに浮かべられた真紅の薔薇の甘い香りをかいだときは心を揺さぶられた。ハリーは薔薇が大好きだった。

そして、中央の階段から続く二階の廊下を見あげた。そろそろグレイスも姿を見せるだろうと思ったが、彼女は現れなかった。玄関ホールの右側には客間に続く通路が、左側には図書館に続く通路がのびており、いずれもアーチ形の通路の入口の上にすばらしい絵画が完璧な配置で飾られている。オリヴィアはグレイスをさがしに行くことにした。きっと屋敷の奥のキッチンにでもいるのだろう。

廊下を歩きはじめたとき、うしろから小さな足音が聞こえた。オリヴィアが驚いて振り向くと、白いTシャツに花柄のショートパンツをはいた黒い巻き毛の女の子が玄関に向かって走っていた。

「あら、こんにちは！」オリヴィアは逃げる生徒を呼びとめるように声をかけた。「どこへ行くの？」

女の子は足をとめ、大人びたしぐさで振り返った。「あなたはだれ？」明るいブルーの瞳でこちらを見つめ、女の子は逆に質問してきた。

「私はオリヴィアよ」

「私はタリー。グレイスの世話をしているの」

「本当に？」女の子の自信たっぷりな口調がおかしくて、オリヴィアは笑いそうになった。「それで、グレイスはどこにいるの？」

「キッチンよ。呼んできてあげましょうか？」

「一緒に行きましょう」オリヴィアは言い、手を伸ばした。

女の子はそばにやってきて言った。「あなたはきれいね」そして、オリヴィアを見あげて彼女の手を取った。

「ありがとう。タリーというのはなんという名前の愛称なの？」

「ナタリーよ。だれもそう呼ばないけど」

「お母さんはどこ？」オリヴィアは尋ねながら、この子はきっと使用人の娘だろうと思った。

女の子はさっと目をそらした。「知らないわ」

「心配しないで。一緒に見つけましょう」

すると思いがけずタリーが笑いだした。「本当は毎日お祈りしなくちゃいけないんだけど、私はしていないの」

オリヴィアがその言葉の意味を尋ねようとしたとき、キッチンへ続くスイングドアからグレイスが現れた。オリヴィアとタリーが手をつないでいるのを見て、グレイスはぎくりとした顔をした。

「それじゃ、もうお会いになったのですね？」グレイスは震える声で言ったが、彼女の体も震えていた。

「こんにちは、グレイス。いったいどうしたっていうの？」オリヴィアは子供の手を放し、グレイスに駆け寄って彼女をしっかりと抱き締めた。「さあ、もう泣かないで」

「泣かずにはいられません」グレイスは肩を震わせた。

「そうね」

タリーがふいにオリヴィアの脚に抱きついて言った。「私、怖い」

オリヴィアとグレイスはすぐに体を離し、タリーを見つめた。「怖がる必要なんてないのよ、タリー」オリヴィアはやさしく言った。

タリーは悲しげに目を見開き、かぶりを振った。

「あなたがミス・オリヴィアなの？」

「オリヴィアでいいわ」

「あなたはハリー伯父さんが死んだから帰ってきたの？」

オリヴィアのわきでグレイスが落ち着かなげに身じろぎした。「ゆうべのうちにお話ししておくべきでした。でも、どうしてもできなかったんです」

「話すってなにを?」オリヴィアは泣きはらして赤くなったグレイスの目をのぞきこんだ。

「私には言えません」

「話してちょうだい」オリヴィアは促した。「なにが問題なの、グレイス?」

「彼女に話さなくちゃ」タリーがグレイスをたしなめた。「私はタリー・コーリー」タリーは言い、オリヴィアの腕にそっと触れた。「私のこと、嫌いになる?」

オリヴィアは呆然(ぼうぜん)と女の子を見おろした。めまいに襲われ、気を失ってしまいそうだった。「あなたは何歳なの、タリー?」そう尋ねながら、オリヴィアは考えをめぐらした。この子がジェイソンの子供なのね。だれに似ているかしら? ジェイソンにもミーガンにも似ていない気がする。でも、どこか見覚えがあるような……。

「今度の誕生日で七歳よ」タリーは誇らしげに答えた。「この年にしては背が高いの。友達のダニーと同じくらいなんだから」

オリヴィアはショックの浮かんだ瞳でグレイスを見た。「いったいどういうことなの、グレイス?」

グレイスは落ち着かなげに身じろぎした。「私からお話しすることはできません、リヴィ」

「それはどういう話なの? この子が屋敷を駆けまわっていること? この子がハリーをハリー伯父さんと呼んでいること? 母親はどこなの?」

「怒らないで」タリーはオリヴィアの顔を見て言った。「そういうことはグレイスじゃなくて、パパにきいて」

「彼がここにいるの?」オリヴィアは思わぬ事態に激しく動揺した。

「私がパパのところに連れていってあげる」タリーが親切に申し出た。「友達からやり直せばいいわ」

「とんでもない！」オリヴィアは激しい口調で言い、顎を上げた。

「大丈夫よ。二人とも大人なんだから。やってみなくちゃ」タリーが懇願するようにオリヴィアを見た。

「タリー」グレイスがたしなめた。

「ここにいて。パパを連れてくるから」タリーは奇妙なくらいきっぱりとした口調で言った。

オリヴィアはタリーの前に立った。「結構よ、タリー」

「大丈夫よ」タリーは愛想よく言った。

「ごめんなさい、タリー。でも、今はあなたのお父さんに会いたくないの」もう二度と。口には出さなかったが、気持ちは伝わったようだった。

「パパはあなたを嫌ってなんかいないわ」タリーはくいさがった。

「私のせいですわ、リヴィ。あなたに話しておくべきだったのに」グレイスはそう言ってまた泣きだした。

「お願いよ、グレイス」オリヴィアはなんとかグレイスをなだめようとした。黙っていたからといって彼女を責めるわけにはいかないとわかっていた。

タリーはグレイスの丸々した体に腕をまわした。

「心配しないで。もうすぐパパが来るわ」

「パパならもう来たぞ」テラスの方から力強い男性の声が聞こえた。「さあ、出てきなさい、タリー。どうして黙っていなくなったりするんだ？」

「ちょっとグレイスに会いに来ただけよ」タリーは動こうとはせずに声を張りあげた。

「次にここに来るときはちゃんとパパに言ってからにするんだぞ」ジェイソンはテラスで汚れたブーツを脱いだ。「タリーを甘やかさないでくれ、グレイス」彼はそう言いながら、玄関から家の中に入ってきた。「屋敷のそばで仕事をすると、タリーはいつも――」

ジェイソンは顔を上げ、オリヴィアに目をとめた。そして、衝撃を受けて言葉を失った。まるで電線に触れてしまったように、全身に熱い波が広がっていった。

「リヴ！」

グレイスはちょうど姿を消すチャンスが到来したとばかりにタリーの手をしっかりと握り、チョコレートサンデーがどうとか言いながらキッチンに消えてしまった。

オリヴィアは意志の力を総動員して倒れまいとした。今すぐ逃げ出したかったし、自分を裏切った男性と顔を合わせるなんて耐えられなかった。これ以上彼に傷つけられてたまるものですか。でも、それならどうして涙があふれてくるの？ 口を開いたが、喉が締めつけられて言葉が出てこない。ジェイソンを目の前にして、今まで長い間抑えこんできた感情が爆発しそうになっていた。

ああ、神様！ あれから六年以上たっているのに、いまだに過去の記憶が襲ってくる。屈辱、怒り、癒えることのない心の傷、裏切られたにもかかわらず、決して消えないジェイソンを求める気持ち。

「着くのは夕方だと思っていたよ」息がつまりそうな沈黙を、ジェイソンが先に破った。

オリヴィアはこみあげる怒りを抑え、なんとか自制心を保った。「あなたに会うとは思わなかったわ。いったいここでなにをしているの、ジェイソン？」

ついにオリヴィアに事実を知らせるときがきたと、ジェイソンは思った。「僕はここで働いているんだ」彼は無意識のうちに一歩踏み出していた。目の前にオリヴィアがいるなんて夢のようだった。一瞬、彼女を抱き締め、僕はまだ君を求めているんだと口走りそうになった。だが、それはできなかった。彼女は今まで見たことがないほど冷たい表情を浮かべていたからだ。

「そこにいて。私に近づかないで」オリヴィアは鋭く警告し、あとずさった。

「すまない」ジェイソンはぴたりと足をとめた。

「驚かせるつもりはなかったんだ、リヴ。僕たちは話をしなくてはならない」

オリヴィアはおかしくもなさそうに笑った。「話すことなんてなにもないわ。私はあなたに出ていってほしいだけよ」ジェイソンの表情がこわばるのを見て、彼女はゆがんだ喜びを覚えた。彼は年を重ね、さらにたくましくハンサムになり、自信にあふれた雰囲気を漂わせていた。

「喜んで出ていくよ」ジェイソンは簡潔に言った。「話を聞いてくれたらね。ハリーが君に黙っていたことを説明しなくてはならない」

「どんなこと？」ジェイソンの顔を見たくはなかったが、オリヴィアは視線をそらせなかった。作業着を着ているところを見ると、彼は本当にハヴィラーで働いているらしい。紺のタンクトップが広い肩とたくましい胸に張りつき、ジーンズが長い脚を包んでいる。飾りけのない服装だが、百九十センチはある長身の体にはとてもよく似合っていた。

オリヴィアは額が熱くなるのを感じ、激しい自己嫌悪を覚えた。ジェイソンの男らしい魅力に反応してしまうかわりに、彼が私にどんな仕打ちをしたか思い出しなさい。あなたにはプライドというものがないの？

「ハリーが亡くなったとき、あなたがそばにいたことは聞いてるわ」オリヴィアは敵意をむき出しにして言った。「私は彼にさよならを言いたいの」

「もちろんさ。案内するよ」ジェイソンは静かに申し出た。「遺体は葬儀場に安置されている」

「アーロンソンの？」こみあげてきた涙を、オリヴィアはまばたきして払った。

「ああ」ジェイソンにはオリヴィアの深い悲しみが

よくわかった。

「自分で行けるわ」彼女はジェイソンの申し出をはねつけた。「あなたの助けはいらないわ、ジェイソン。今さら友達のふりをするのはやめて。私は長旅で疲れてるの。それで、話というのはなに？　あなたはここで働いているんですって？　どうしてハリーがあなたを雇ったのかわからないわ。私はあなたを許すことなんてできないのに」

「図書室に入らないか？　声が廊下の突き当たりまで聞こえてしまう」

ジェイソンは娘に話を聞かれるのを心配しているのだろう。オリヴィアはタリーがかわいそうになり、豪華な客間に向かった。そして、右のこめかみが痛むのを感じながら、仕方なくジェイソンと向き合った。「一分だけよ、ジェイソン。話が終わったらハヴィラーから出ていってもらうわ。あなたの奥さんはよくここに戻ることに同意したわね。奥地の牧場で働いていたんじゃなかったの？」

ジェイソン自身も荒れ狂う自分の感情を抑えるのに必死だった。昔のオリヴィアはかわいかったが、大人になった彼女は目がくらむほど美しい。「二年前に、母が亡くなった。その直前に看病のために戻ってきたんだ」

「それはお気の毒だったわね」オリヴィアはぎこちなく頭を下げた。「あなたのお母様のことは大好きだったし、親しくさせてもらったわ。それで、そのあとどうして奥地に帰らなかったの？」

「ハリーが仕事をくれたからさ」ジェイソンは鋭い口調で言い返した。「ある日ばったりハリーと会い、彼は僕の話を聞いてくれた。彼はいつでも人の話に耳を傾ける公平な人だったからね。この二年間は僕がハヴィラーをとりしきり、ハリーのさまざまな仕事を手伝っていたんだ」

オリヴィアは再び衝撃を受けた。「ハリーは私にはなにも言わなかったわ」

「嘘をついたり、ごまかしたりしたくなかったんだろう」ジェイソンの視線はオリヴィアの体に釘づけだった。彼女の瞳にシルクのブラウスとスカートの淡い紫色が映っている。「君がどんな反応を示すかわかっていたから」彼は静かに加えた。

ふいにジェイソンのそばにいることに耐えられなくなり、オリヴィアはフレンチドアに近づいていってぼんやりと庭を眺めた。

「ハリーは私のことを愛していると思ってたわ」その声には苦しげな響きがあった。

「ハリーにとって君は世界のすべてだったよ」ジェイソンは心から言った。ハリーに裏切られたと感じ、絶望しているオリヴィアを見たくなかった。

彼女はぱっと振り返った。「でも、ハリーはあなたを呼び戻したわ」

ジェイソンの瞳につらそうな色が浮かんだ。「彼は僕を許してくれたんだ、オリヴィア。君を失ったあとの僕の人生がどんなものだったか、彼はわかってくれた」

オリヴィアの目には涙が光っていた。「それはよかったわね！　あなたは別の女性と結婚したのよ、ジェイソン。忘れたの？　そして、娘をもうけた。ほかにも子供がいるの？」

「タリーだけだ」ジェイソンは硬い表情で答えた。

「ハリーはあなたを呼び戻すべきではなかった」オリヴィアは再び裏切られた悔しさを噛み締めていた。結局、男というのはみんな同じなのだろうか？

「でも、ハリーはそうした」ジェイソンはきっぱりと言った。「彼はとても親切な人だったが、僕を雇ったのは親切心からだけではなかった。彼も年をとり、助けを必要としていたんだ。僕は今では、リンフィールド家のすべての事業に深くかかわっている。僕ほどここの仕事を理解し、よく働く人間はいないと思うよ」

「でも、いつかはここを出ていくことになるわ」オリヴィアは勝ち誇ったように言った。

ジェイソンはうなずいた。「ああ、僕はいつでも出ていく。君に責められつづけるのはごめんだからね。僕はハリーに雇われたんだ。君のもとで働くとなると話は変わってくる。僕はハヴィラーをよりよくしてきたつもりだし、ハリーも僕の仕事を評価してくれていた。彼には心から感謝している。僕にもう一度チャンスを与えてくれたんだから。とにかく、一番重要なのは、ハリーは助けが必要な年齢だったということだった。そして、僕が力になったんだ」

「これからはあなたの手を借りる必要はないわ」

「自分一人でビジネスを引き継ぐのは無理だと君が気づくまでに、どれくらいかかるだろうね？」ジェイソンは嘲（あざけ）るように言った。

「その前にあなたはいなくなっているわ」オリヴィアはこの六年間伸ばしつづけてきた髪を揺らした。

「あなたはどこに住んでいるの？」

ジェイソンはかぶりを振った。「心配いらないよ。ここじゃないから。僕は母が残してくれた家にタリーと住んでいるんだ」

「レナータも一緒に？」オリヴィアの冷たい表情がわずかにやわらいだ。

「祖母はまだ自分の家に住んでいるよ。タリーの面倒はよくみてくれているが」

「ミーガンは子供の面倒をみられないほど忙しいの？」そう尋ねてしまってから、オリヴィアはミーガンの名前を出した自分に腹が立った。

「ミーガンは出ていったよ」

その言葉を聞き、オリヴィアは衝撃を受けた。

「出ていった？　どこへ？」

ジェイソンはこの質問を待っていた。「僕たちの結婚はうまくいかなかったんだよ、リヴ。僕はミーガンを愛せなかった。結婚生活をなんとかうまくいかせようと努力したけど、どうしても彼女を愛せなかったんだ。無理に人を愛するなんて不可能なのさ。

最後にはミーガンは怒って出ていったよ」

「本当に?」オリヴィアは信じられないと言いたげにつぶやいた。「彼女は自分を愛してくれない男性を捨てたのね。でも、子供は? なぜタリーをおいていったの? それとも、あなたが子供の親権をゆずらなかったの?」

「ミーガンはタリーをいらないと言った」ジェイソンはそっけなく答えた。「彼女にとってタリーはお荷物だったんだ。ミーガンはいい母親ではなかった。母性本能が欠如していたんだ。哀れなミーガンは心にいくつかの問題をかかえていた」

オリヴィアはショックの浮かんだ瞳でジェイソンを見つめた。「それで、今彼女はどこにいるの?」

ジェイソンは肩をすくめた。「最後に聞いた噂では、準州(テリトリー)の方で男と暮らしているらしい」

「あなたは過ちを犯したというわけね、ジェイソン」オリヴィアは感情をあらわにして言った。「かわいそうなのはタリーだわ。母親に捨てられ、さぞかしつらい思いをしているんでしょう」

ジェイソンは顎のあたりをこわばらせた。「僕が仕事で出かけている間、タリーはひどい目にあわされていたんだ」

オリヴィアは目をしばたたいた。「どういう意味?」

「その話はしたくない」ジェイソンは冷たく言った。

「ミーガンは子供時代につらい目にあっていたようだから、それがすべての原因なんだろう」

「ミーガンはいつ出ていったの?」

「タリーが四歳になる少し前だ」ジェイソンは不機嫌そうに答えた。

「タリーはあまりあなたに似ていないわね」オリヴ

イアは自分でも思いがけない言葉を口にしてしまった。「それに、ミーガンにも」

「あの子の瞳の色は僕ゆずりだと思うよ」

涙があふれそうになり、オリヴィアはジェイソンから目をそらした。「ブルーの瞳という意味ではね。あなたの人生が混乱に陥ったことをお気の毒にと言いたいところだけど、私は偽善者じゃないわ」

「昔の君は思いやりがあったな」ジェイソンは彼女の目をじっと見つめた。

「自分でもひどいことを言ってるのはわかってるわ」オリヴィアは頬を赤くして反論した。「でも、哀れみならハリーから十分かけてもらったはずよ。そのうえ私にまで同情を期待しないで。葬儀が終わったら、あなたの顔は二度と見たくないわ」

4

この地域の長老という立場にふさわしく、ハリー・リンフィールドの葬儀にはおおぜいの参列者が集まり、教会は人であふれた。涼しく静かな教会内では、参列者たちが悲しげに小声で挨拶を交わしていた。あとからやってきた者たちは教会の中に入れず、大きなマグノリアの木陰に移動した。

故人の最も近しい家族であるオリヴィアは、各地から集まった親戚たちとともに最前列に座っていた。同じ列の反対側にはジェイソンが座っている。礼服に身を包んだ彼は息をのむほどすてきだった。

オリヴィアは彼を見つめ、必死に自分に言い聞かせた。

だめよ。今はハリーのことを考えなさい。
教会は花であふれていた。暑さにもかかわらず、オリヴィアはたくさんの花を注文した。ハリーは花が大好きだったから、彼の棺(ひつぎ)には大きな百合(ゆり)を飾った。

　黒と白のローブをまとった銀髪の牧師が入ってきて棺の右側に立つと、参列者はいっせいに立ちあがった。その後、牧師の話が終わったところでオルガンの音楽が流れだし、参列者が賛美歌を歌いだした。たくさんの花の濃厚な香りに息苦しさを覚えつつ、オリヴィアはハリーのために祈った。昔亡くなった両親のためにも。ハリーはただの後見人ではなく、この世で最も近しい人だった。ジェイソンの次に。

「大丈夫、リヴィ？」年上のいとこが心配そうに身をかがめ、オリヴィアの手を取った。

　彼女はやっとの思いで答えた。「ええ、ありがとう」

　オリヴィアは呼吸に集中しようとした。吸って、吐いて。深く、ゆっくりと。こんな状態では、式のために選んだ短い詩を朗読できないかもしれない。ハリーは昔から詩を読むのが好きだったのに。

　数人の参列者が聖書台の前に立って弔辞を述べた。オリヴィアは彼らの言葉がほとんど耳に入らなかったが、ジェイソンの番がくると、思わず視線を引きつけられてしまった。抑制された彼の力強い声が教会の中に響き渡った。

　泣くわけにはいかないわ。オリヴィアは自分に言い聞かせた。だが、もう耐えられなかった。ジェイソンのスピーチは感動的だった。一度など、ハリーの言葉を引き合いに出して参列者を笑わせたほどだった。全員がジェイソンから目を離せなくなっていた。祭壇のうしろのステンドグラスを通して光が差しこみ、彼の赤褐色の髪を金色に照らしていた。

　私はずっとジェイソンが恋しくてたまらなかった。

もう七年近くも。彼を完全に忘れてしまうなんて不可能だった。彼が自分の心のどんなに大きな部分を占めているかに改めて気づき、オリヴィアは恐ろしくなった。

めまいがする。暑いと思ったら、今度は寒気が襲ってきた。花の香りがあまりにも強烈で、むせてしまいそうだ。息を吐き出さないと。だが、オリヴィアはそのかわりに自分が倒れていくのを感じた……。

気づくとオリヴィアは礼拝室の長椅子に座り、冷たい石壁に寄りかかっていた。

「いったいなにが起きたの？」

「気を失ったんだよ」ジェイソンが静かに答えた。

「そんな！」オリヴィアは頭をうしろにそらして再び目を閉じた。「あなたが運んでくれたの？」

「君は相変わらず軽いね」ジェイソンは口元をゆがめて言った。

「みんなは最後の賛美歌を歌っているところね」マホガニーの扉の向こうから歌声が聞こえ、オリヴィアは言った。「詩を朗読するはずだったのに」

「しばらくじっとしているんだ、オリヴィア」

「すぐによくなるわ。よりによって、ハリーの葬儀で気を失ってしまうなんて。でも、なんとしても彼に最後のお別れをしないと」

「僕の付き添いはいらないだろうね？」

「ええ。ここに連れてきてくれたことにはお礼を言うわ。でも、もう一人で大丈夫よ。タリーはどうしたの？」

「祖母に預けてきた。来たがったんだが、幼い娘には葬儀は悲しすぎると思ってね」

確かにそのとおりだと、オリヴィアは思った。彼女も昔、両親の葬儀に出ると言い張り、心配したハリーはジェイソンを彼女の隣に座らせた。ジェイソンは式の間中、オリヴィアの手をしっかりと握っていてくれた。少年のころのジェイソンは今でもオリヴィアの心の中に生きていた。

「こんな状態の君をほうってはおけない」ジェイソンはそう言いながら、オリヴィアの美しさに魅せられていた。彼女はとても優雅で、黒のドレスが完璧な白い肌を際立たせている。もう何年もたつのに、彼女と結婚できないと言ったのがまるで昨日のことのように思えた。

「わかるでしょう。私はあなたにそばにいてほしくないのよ」オリヴィアはきっぱりと言った。

ジェイソンはひねくれた喜びを覚えつつ、彼女を見おろした。「もちろん、そうだろうとも。君のいとこに来てもらおう」

「結構よ。私なら大丈夫。帽子はどこかしら?」オリヴィアはきっぱりと言い、立ちあがった。

「ここだよ」ジェイソンは答え、わきに置いてあったつばの広い黒い帽子を差し出した。僕のリヴは本当に美しい。ああ、いったい僕はいつまで〝僕のリヴ〟だなんて呼んでいるのだろう?

オリヴィアは帽子をかぶり、ジェイソンに向かって眉をひそめた。「曲がってない? 鏡がないからわからないわ」

「平気だよ。本当に大丈夫かい?」

「そうでなくちゃ困るわ。まだまだするべきことがたくさんあるんだから」オリヴィアは皮肉っぽい笑みを浮かべて言った。

確かにまだまだするべきことはたくさんあった。だが、それをオリヴィアが実感したのは、ハリーの弁護士ギルバート・シモンズが屋敷を出ようとしたときだった。「オリヴィア、もし君の都合がよければ、明日にでもハリーの遺言を開示しようと思うんだ。二時でどうかな?」

「結構よ」オリヴィアは答え、手を差し出した。

「もちろん君が主な相続人だが、ほかにも遺産を相続する者がいる」

「そうでしょうね。ハリーはとても気前のいい人だったから。親戚にも、慈善団体にも、それにグレイスにも彼はなにか残したはずよ」

ギルバートは一瞬、オリヴィアから目をそらした。

「君とジェイソンの間に起きたことを考えたらショックだとは思うが、彼も相続人の一人なんだ。だから遺言を開示するときは彼にも同席してほしい」

「ジェイソン？」オリヴィアは衝撃を受けた。どうしてジェイソンが相続人に？　給料はたっぷり支払われているはずなのに。ゴルフクラブのセットでももらうというの？　それとも彼が使っているハヴィラーの四輪駆動車かしら？　オリヴィアはギルバートの次の言葉を待ったが、彼は黙ったままだった。

「では、また明日に、オリヴィア。ジェイソンにも伝えておいてもらえるかい？」

「そうするしかないでしょうね」

彼女がどんなに動揺しているかわかっているギルバートは、同情するようにほほえんだ。「これはハリーの望みだ、ダーリン」

最後の角を曲がると、ジェイソンの家が見えた。それはかつてのような質素な小屋ではなく、魅力的な家に生まれ変わっていた。建物も庭もかなり手を入れたに違いない。つややかな白に塗られた門柱とフェンスが、刈ったばかりの青々とした芝生と美しいコントラストをなしている。木製のフェンスに囲まれたポーチも玄関の扉や窓に合わせて白で統一されていた。ポーチに置かれた柳細工の家具が居心地よさそうな農場の家らしい雰囲気をかもし出し、庭には白と黄色の美しい花が咲き乱れている。

そして、砂利敷きの私道にハヴィラーの四輪駆動車がとまっていた。

オリヴィアは口から心臓が飛び出しそうだった。ハリーの大きな車のエンジンを切り、彼女は運転席に座ったまま考えをめぐらした。なぜ私はここへ来てしまったのだろう？　電話ですんだ話なのに。

私は本当に愚かだ！　今までジェイソンのことを頭から締め出せておけたのは、単に彼と会わずにいたからだった。私は今でも彼を愛しているし、同時に憎んでもいる。ジェイソン・コーリーのこととなると、私は頭が働かなくなってしまう。

そのときジェイソンが玄関から出てきた。ペンキの汚れがついた赤のタンクトップを着て紺色のショートパンツをはいている。

オリヴィアは一瞬、シートに身を沈めて隠れようかと思った。だが、ジェイソンはまっすぐこちらに向かってくる。ここまできたら仕方がない。外に出よう。

「やあ、オリヴィア」彼は近づいてきながら声をかけた。「どうしたんだい？」

「電話をしてもよかったんだけど、ちょっと外に出たかったものだから」思ったよりも落ち着いた声が出て、オリヴィアはほっとした。「今日の午後二時にギルバート・シモンズがハリーの遺言を読むために屋敷に来るの。それで、あなたも相続人の一人だから立ち会ってもらうようにと彼に言われたのよ」

ジェイソンはオリヴィアをじっと見つめた。「僕が相続人になるなんて話は聞いてないよ」

サングラスをかけてきてよかったと思ったが、心臓はドラムのように激しく打っていた。

「私もよ」オリヴィアは冷たく応じた。「でも、そうなんですって。あなたはハリーによほど気に入られていたみたいね」

ジェイソンのブルーの瞳に小さな炎が燃えあがった。「喧嘩を売るのはやめてくれ。僕は彼のために一生懸命働いたんだ」

「そうね。私たちはお互いつらい目にあってきたのよね」オリヴィアは嘲(あざけ)るように言った。「私はもう行かないと」そして、車に乗ろうとしたが、ジェイソンの焼けた肌にうっすらと汗がにじむのを見て動きをとめた。突然、その肌に唇を押しつけたくてたまらなくなった。「タリーはどこ？」彼女はそっけない口調で尋ねた。

「コーリー家で君が好きなのはタリーだけかい？」ジェイソンは皮肉に満ちた表情を浮かべた。

「あなたに対する好意はとうの昔に消え去ったわ」

「結構だ。寄っていくかい？」

「どうして私がそんなことをするの？」オリヴィアはジェイソンに向き直ったが、それは間違いだった。背の高い彼を前にすると、自分がか弱い女性であることを強く意識させられる。日に焼けた彼の胸は途方もなくたくましく、力強い喉や顎のラインは彫刻のように美しい。官能的なカーブを描く唇、赤褐色の髪、鮮やかなブルーの瞳。これぞジェイソン・コーリー、手ごわくて挑戦しがいのある男性だ。

「女というのはおもしろい生き物だな」ジェイソンはオリヴィアの矛盾する感情を見すかすような目でこちらを見ていた。「本当はなにをしに来たんだい？」

オリヴィアは身構えた。「あなたに会いに来たわけじゃないわ」

ジェイソンはほほえんだ。「中に入らないか？タリーの部屋のペンキを塗り直しているところなんだ。ちなみにあの子は祖母のところに行っているよ。ペンキのにおいのせいで鼻がつまると言ってね」

「タリーには同じ年くらいの友達はいるの？」オリヴィアは二人の間に漂うエロチックな空気をなんとか吹き飛ばそうとして言った。

「ここにいるのは学校の先生かい？」ジェイソンはにやりと笑った。「タリーは大人のほうが好きみたいだ。ところで、壁の縁取りを何色にしたらいいか意見を聞かせてくれないかな?」

「それくらい自分で決められるでしょう」

「女性のほうがセンスがいい」ジェイソンはオリヴィアをじっと見つめた。彼女はブルーの花柄のサマードレスを着て、低いヒールのブルーのサンダルをはいている。つややかな黒髪はうしろでまとめているが、一房だけ頬にかかっていた。その姿は無垢に見えると同時に、とてもセクシーだった。「ピンクにしようかレモン色にしようか、もう十分も迷っているんだが決まらないんだ。それに、こんなところに立っていたら君も暑いだろう?」

「気をつかってくれるなんて、ずいぶんやさしいのね」オリヴィアは嘲笑を浮かべた。「それとも、獲物をおびき寄せる蜘蛛みたいと言ったほうがいいかしら。あなたは本気で私の警戒心を解こうと思ってるの? だったら時間のむだよ。あなたと仲直りするなんてありえないわ」彼女はそう言い放ち、車に向かった。

「じゃあ、僕はこのまま生きていくより仕方がないというわけかい?」ジェイソンは大股で追いついてきて、オリヴィアのために車のドアを開けた。そびえ立つように背の高い彼があまりにも近くにいるので、オリヴィアはパニックに陥りそうになった。ジェイソンの男らしい香りが鼻腔をくすぐる。まだこんなふうに彼を求めてしまうなんて恐ろしいし、ひどい屈辱だ。腹立たしいことに、ジェイソンのブルーの瞳はまるで私のすべてを知っているかのようにこちらを見ている。

だが実際、彼は私のすべてを知っているのだ。

二人は図書室に座り、ギルバート・シモンズがブリーフケースからゆっくりとハリーの遺言書を取り出すのを見つめていた。

やがてギルバートが厳粛に遺言を読みあげた。

「〝これはクイーンズランド州リンフィールド地方、ハヴィラー・プランテーションの持ち主である私、ハロルド・ベネディクト・リンフィールドの遺言である〟」

いったいどんな言葉が出てくるのだろう？　オリヴィアはまっすぐ弁護士を見つめ、ジェイソンの方には目もくれずに考えをめぐらせた。ジェイソンは革張りの肘掛け椅子に座り、大きなデスクをじっと見つめている。彼を相続人に含めるなんて、ハリーは一言も言っていなかった。昔、オリヴィアの婚約者としてジェイソンを気に入っていたときでさえ。

やがて弁護士が最も重要な部分を読みあげはじめた。

約束どおり、ハリーの屋敷はオリヴィアが相続した。親戚の者たちにはそれぞれ高価なものが贈られ、各慈善団体にも寄付があった。グレイスには、仕事をやめるときがきても快適に暮らしていけるだけのお金が残された。

そして、最後に爆弾が落とされた。屋敷が吹き飛ぶほど強力な爆弾が。ハリー！　どうして私をこんな目にあわせるの？　自分の遺言がどんな混乱をもたらすか、考えてはみなかったの？　オリヴィアは信じられない思いで遺言を聞いていた。裏切り者のジェイソンは、五十万ドルもの遺産を受け継いだ。そのうえハリーは、彼がハヴィラーの監督者の地位にとどまり、リンフィールド家のすべてのビジネスにかかわることを望んでいた。

オリヴィアは耳を疑った。もう一度読みあげてほしいとギルバートに頼んだほどだった。

ジェイソンはブルーの瞳をきらめかせてオリヴィアを見た。「こんなことになるなんて、僕も思わなかったよ」

「そうでしょうとも。でも、さぞかしうれしいでしょうね！」

ギルバートは険悪な雰囲気の二人を心配そうに見ながら、もう一度遺言書を読みあげた。

最後につけられていた条件にも、オリヴィアは激怒した。まるで私のことは子供扱いじゃないの、ハリー！　その条件とは、彼女が完全に落ち着くまでの少なくとも一年半から二年の間、ジェイソンが現在の仕事を続けるというものだった。

「信じられないわ」オリヴィアはなんとか怒りを抑えてつぶやいた。「今目の前にいるろくでなしの男性に頭を下げなくてはならないなんて！」

「まあまあ、落ち着くんだ！」ギルバート・シモンズがなだめた。

オリヴィアは聞く耳を持たず、椅子を回転させると瞳をぎらつかせてジェイソンを見た。「こういうことだったのね、ジェイソン！　うまくハリーをまるめこんだものだわ」

ジェイソンは肘掛け椅子にもたれた。「まるめこむ？　ずいぶんな言い方だな。ハリーが君に残してくれた莫大な遺産に感謝するべきだろう？」

「あなたの顔を見なくてすむなら、私は遺産なんていらないわ」オリヴィアは言い返し、弁護士をにらみつけた。「ハリーの希望は法的な効力を持っているわけではないんでしょう？」

ギルバートは大きなため息をついた。「ああ。ハリーの希望を聞き入れなくてはならないと法律で決められているわけではない」

「どうする、リヴ？　今すぐにでも僕を解雇できるよ」ジェイソンが口をはさんだ。

「そうするつもりよ」オリヴィアは叫んだ。

「君はそんなことはしないはずだ」ギルバート・シモンズがあわてて言った。「オリヴィア、君はとても分別がある。ハリーは君に必要だと思われることを告げているんだ。ジェイソンはハリーの片腕としてこれまで立派にやってきた。ハリーは会うたびに彼を褒めていたよ」

「私がジェイソンとうまくやっていけるはずがないわ」オリヴィアはうめいた。

「いずれにせよ、短い間の話じゃないか」ギルバートは穏やかに諭した。「今ここからジェイソンのような専門家を追い出すなんて愚かなことだぞ」

「私とジェイソンの間になにがあったか忘れたの、ギルバート？」オリヴィアはさっきより静かな口調で言った。「ジェイソン・コーリーは結婚式の前日に私を捨てたのよ」

「過去は忘れて前へ進むんだ、オリヴィア」ジェイソンがそっけなく言った。

「きっとあなたを追い出してみせるわ」オリヴィアは立ちあがった。

ギルバート・シモンズは同情の色を浮かべつつも、抜け目ない表情でオリヴィアを見あげた。「選択肢は二つだ、オリヴィア。事業をまかせられる人物を自分で見つけるか、ハリーの遺言に従うか。よく考えて結論を出すんだね」

「聞いたかい、オリヴィア？　じっくり考えるんだな」ジェイソンは立ちあがり、ドアに向かった。

「君のじゃまはしないと約束するよ」

「そうしてちょうだい。ここの事業をとりしきるくらい、私一人でもできるわ。まったく、男というものは！」

「おやおや、フェミニストについての議論でも始めるつもりかい？」ジェイソンが嘲った。

「私はあなたと同じくらい優秀だし、あなたよりも常識があるわ」オリヴィアは蔑むように言った。「私の愛するハリーがこんな大きな過ちを犯すなんて！　私はいったいだれを信じればいいの？」

「私のことは信じてくれていい」ギルバートが口をはさんだ。

「少し落ち着いたらどうなんだ、リヴ」ジェイソンが言った。「ハリーはここのすべてを君に残したじゃないか。彼はただ、僕が学んできたように君にも仕事を覚えてほしいだけだ。君が優秀なのはだれもが知っている。だが、今すぐ僕のように仕事をするのは無理だ。少し時間が必要だよ。それに、教師の仕事はどうするんだい？　一度に両方の仕事ができる手はずを整えたのかい？」

オリヴィアは歯嚙みした。「出ていったはずじゃなかったの？」

「追い出される前に出ていくさ。今すぐここをやめることもできる。なにしろ僕には五十万ドルあるんだから。本当にありがとう、ハリー」ジェイソンは天井に向かって敬礼した。「僕はハリーに事業をまかされた。君は彼の遺言にそむくつもりかもしれないが、僕にはそのつもりはない」

オリヴィアはドアから出ていくジェイソンを追いかけた。この屋敷で私に命令するつもり？　ずうずうしいにもほどがあるわ！　彼女は怒りのあまり、長い爪がジェイソンの肌にくいこむのもかまわず彼の腕をつかんだ。「そうはさせないわ、ジェイソン」

彼女は恐ろしげに言った。「絶対に」

ジェイソンは向き直ってオリヴィアを見おろした。彼のブルーの瞳から火花が散った。「君はこうなることを恐れているのかい？」

ジェイソンに強引に抱き寄せられ、オリヴィアの心臓がどきりと打った。

ジェイソンがオリヴィアの唇に自分の唇を押しつけ、貪欲なキスを始めると、彼女の体に火がついた。そして、キスが深まっていくにつれ、欲望がわき起こった。決してジェイソンに知られてはならないほど激しい欲望が。

ジェイソンがオリヴィアを放すと、彼女はふらついた。激しい興奮を覚えた自分にショックを受け、プライドが傷ついていた。「よくもこんなことを！」

自責の念に駆られ、オリヴィアはかつて彼に平手打ちをお見舞いしたときのように手を振りあげた。

「目が覚めたんじゃないか？」ジェイソンは嘲りのこもった口調で言い、オリヴィアの手首をつかんだ。

「僕のキスはすばらしかっただろう？」

「最悪よ」オリヴィアはつかまれた手を振りほどき、キスの感触を消し去ろうと口元をぬぐった。ここですばらしいキスだったなんて言えるはずもなかった。

「おや、じゃあ、もっと上手にやってみようか」ジェイソンがふいにほほえんだ。それは輝くような笑顔、かつてオリヴィアを夢中にしたあの笑顔だった。

オリヴィアは激しく動揺し、震える手でドアを指さした。「出ていって、ジェイソン。あなたの力はよくわかったわ。あなたを嫌いになるだけでなく、自分自身まで嫌いになりそうよ」

5

それからの数日間、オリヴィアはなにをする気も起きなかった。悲しみにくれて屋敷に閉じこもり、衝撃的なハリーの遺言に向き合っていた。農園内を散歩する気にもなれなかった。どうせハヴィラーはジェイソンが切り盛りしているのだ。勝手にやらせておけばいい。

ジェイソンに無理やりキスされ、彼に対して私がまだ欲望を感じていることがはっきりした。でも、その欲望に屈するかどうかは私次第だ。ジェイソンがどんなに危険な男性かはよくわかっているのだから。今はハリーの書斎にこもり、ハヴィラーの事業について勉強しておこう。ハリーは私に多額の遺産を残した。それをいかに活用するかは私の腕にかかっている。

ふいにハリーの声が聞こえた気がした。〝私の言葉を思い出すんだ、リヴィ。分別をもって行動しなくてはならない！〟

そのとおりだ。オリヴィアは十歳のころから農園経営についてハリーの話を聞いてきた。彼はオリヴィアがハヴィラーの事業に興味を持つことを喜んでいた。会社の記録を見ていくうちに、オリヴィアはハリーがジェイソンのアドバイスに従って事業をさらに多方面に拡大していたことを知った。ハリーは本当に彼を信頼していたようだ。とくに去年からは、ジェイソンが事実上の実権を握っていた。これでは彼が会社から手を引きたがらないのも当然だろう。

でも、いつまでもそうはさせない！

オリヴィアは毎日七時に起き、屋敷のプールでひと泳ぎしてから着替え、新聞を読んだ。そのあとテラスの大きな白いパラソルの下で朝食をとった。

そして朝食後はハリーの書斎にこもった。ジェイソンの言うとおり、ハヴィラーの仕事を始める前に学ばなくてはならないことが山ほどあった。

翌週に入ると、そろそろ農園内を歩いてみようかという気になり、オリヴィアは馬に乗って敷地をまわることにした。運動と気分転換のために、ハリーはいつでもすばらしい馬を揃えていた。オリヴィアも小さいころから乗馬に親しみ、今も馬を扱うのはお手のものだった。

厩舎にいた馬は四頭だった。カッサンドラという忠実な雌馬と、オリヴィアが見たことのない去勢馬、ブランディという名の美しい栗毛のクォーターホース。そして、鼻面を撫でてもらおうとこちらに突き出している元気のいい鹿毛の若い雄馬。

「こんにちは！」オリヴィアは馬が好む舌打ちの音を出しながら、その若馬を撫でた。純血種らしく、大きくて賢そうな目をしている。彼女はこの馬に乗ろうと決めた。雄馬は扱いがむずかしいが、乗馬ではだれがボスかをはっきりさせておけば問題ない。

持ってきた乗馬のための道具を準備して鞍(くら)をつけると、オリヴィアは馬を走らせはじめた。

クイーンズランド北部は大自然の恵みあふれる美しい地域だ。白砂の海辺には椰子(やし)の木が並び、海はターコイズブルーに輝き、周囲には熱帯雨林が広がっている。コバルトブルーの空には雲一つない。もっとも、真夏になると珊瑚(さんご)海からモンスーンがやってきて、空気は湿気をおび、ひどく暑苦しくなる。そのころにサイクロンがやってくる年もある。熱帯のものすごい嵐(あらし)を、オリヴィアは何度も目撃していた。恐怖を覚えると同時に、うっとりと魅せられて。天からは大きな雷鳴が聞こえ、稲妻が空を切り裂き、テニスボールぐらい大きな雹(ひょう)が降ることもある。豪雨とともにサイクロンが通り過ぎたあとは、嘘(うそ)のように晴れ渡る。水の氾濫(はんらん)もおさまり、まぶしい光が降りそそぎ、森には大きな花々が咲き誇る。

今日も空は真っ青で、その美しさはオリヴィアの不安を吹き飛ばしてくれそうだった。八百メートルほど馬を走らせたところで、目当ての場所が見つかった。ジェイソンが新たに作ったトロピカルフルーツの農園だ。ハヴィラーはますますすばらしい農園になり、ハリーの広大な土地は最大限に活用されているようだった。

そして今、ここは私のものとなった。巨大な価値を持つ、巨大な事業。問題は、自らこの農園の経営について学ぶか、信頼できる監督者をおいて教師の職に戻るかということだった。

だが、オリヴィアの心は決まっていた。

ハヴィラーは私の故郷だ。神様の住むような美しい自然の中でこそ、私は本当の自分になれる。

見慣れない果物の実をつけた低木の間の小道が終わると、オリヴィアは馬をとめた。どこか日陰を見つけよう。胸の間を汗が流れ落ちていくが、馬に乗ったおかげで気分はだいぶすっきりした。

農園が終わると、手つかずの低木地が広がっていた。そこまで馬を走らせたとき、驚いたことに木陰からジェイソンが現れた。小さな娘と手をつないでいる。彼の隣を踊るように歩くタリーの頭には、白い小花の花輪がのっていた。

タリーがうれしそうに声をあげた。「こんにちは、オリヴィア！」

「こんにちは、タリー！」オリヴィアは馬の上から手を振った。ジェイソンのことは完全に無視して。

彼は楽しげにオリヴィアを見あげた。「そろそろ見まわりを始めるころだと思っていたよ」彼はオリヴィアを馬から降ろそうと手を差し出した。「暑いから日陰に入ろう」

オリヴィアは返事もせずに一人で馬を降りた。

「会いに来てくれてとてもうれしいわ」タリーがかわいらしい声で言った。「お別れを言いに来たんじゃないわよね、オリヴィア？」

オリヴィアはなんと答えればいいかわからなかった。小さい子供を追い出すようなことはしたくないが、だとしたらどうすればいいのだろう？　彼女は頬を染めてすばやくジェイソンを見た。「お父さんがそう言ったの？」

タリーは心配そうな顔をした。「いいえ。ひいお祖母ちゃんよ。あなたは私たちに出ていってほしいと思っているはずだって」

「まだ決めたわけじゃないのよ、タリー」オリヴィアが答えると、ジェイソンがうなるのが聞こえた。レナータのおしゃべりに腹を立てているらしい。

「きれいな馬ね」タリーはしきりと草を食んでいる

若馬を感嘆したように眺めた。「私も馬が欲しいわ」

「パパがポニーを買ってくれるんじゃない？　乗り方だって教えてくれるわよ」

「いったいいつそんな時間があるんだい？」ジェイソンがそっけなく尋ねた。「朝から晩まで農園の仕事に追われているというのに」

「そうね」オリヴィアは思わずつぶやいていた。

「私たち、家に戻ってランチを食べるところなの」タリーが会話に割って入った。「あなたも一緒に来て」少女はオリヴィアに向かってにっこりした。鼻の上には金色のそばかすが浮かび、頬には少し泥がついていて、タリーは本当にかわいらしく見えた。

「ありがとう。でも、私は家に帰らないと」オリヴィアはやさしく言った。

「グレイスなら大丈夫よ」タリーは父親の腕をつかんだ。「パパが携帯電話で連絡してくれるから。お願い、一緒に来て」そして、今度はオリヴィアの手をつかんだ。「ここに来たのは久しぶりなんでしょう？　私たちの家を見たくない？」

「あなたの家なら知ってるわ、タリー」

「子供の頼みくらい聞いてやってくれ」ジェイソンはもの憂げに言い、赤褐色の髪に手を差し入れた。今日の彼はカーキ色のシャツの袖（そで）を肘までまくりあげ、ぴったりしたジーンズをはいている。日に焼けた喉とこめかみには汗が光っていて、オリヴィアは思わず目をそらした。

「脅してるの？」

「脅しってなに？」タリーが尋ねた。

「ちょっと冗談を言っただけよ」オリヴィアは子供の前でそんな言葉を使ったことを後悔して言った。

「昔、あなたとパパは結婚するはずだったんでしょう？」タリーはオリヴィアをじっと見つめた。「ひいお祖母ちゃんがそう言ってたわ。ひいお祖母ちゃんとはいろんな話をするの」

「彼女はおしゃべりだからな」ジェイソンがにこりともせずに言った。「小さい女の子が聞いてはいけないことまでしゃべってしまう。おまえはオリヴィアに個人的な質問をしているんだよ、タリー。そういうことは仲よくなってからきくものだ」

「じゃあ、仲よくなるまで待つわ」タリーは楽しげに答えた。「私はあまり友達がいないの。一番の仲よしはダニーよ。学校で会うほかの子たちはみんなとっても鈍いの。でも、あなたとは仲よくなりたいわ。ひいお祖母ちゃんから聞いたんだけど、パパは昔、あなたのことをとっても——」

「いいかげんにしないと、パパは怒るぞ」ジェイソンがタリーを黙らせた。「まったく、レナータには一言言っておかないと」

「あなたは私のひいお祖母ちゃんを知ってるでしょう、オリヴィア?」タリーはオリヴィアの手を引っぱった。「お祖母ちゃんはすごいのよ。あの年でしわ一つないんだから」

「イタリア人はきれいな人が多いのよ」

「パパもとってもハンサムよ」タリーは誇らしげに言った。「ダニーのお姉ちゃんなんて、パパを見てうっとりしているの。私、イタリア語を話せるのよ」そう言うと、タリーは流暢(りゅうちょう)なイタリア語を話しはじめた。

オリヴィアは思わずジェイソンに向かってほほえんだ。その瞬間、二人の心が一つになった。

自分がどれほど強くオリヴィアを求めているかに気づき、ジェイソンは鋭く息を吸いこんだ。時間を稼ぐため、彼はタリーを見おろしてイタリア語で話しかけた。それからようやく気を落ち着けてオリヴィアに話しかけることができた。「タリーはイタリア語で、君に一緒に来てほしいと言ったんだ」

「そのきれいな馬で来ればいいわ、オリヴィア」タリーはうれしそうに顔を輝かせた。「パパと私はトラックで行くから。すぐ近くよ。さあ、行きましょう。おなかがすいちゃったわ」

ミーガンはあまり子供の面倒をみなかったとジェイソンは言っていたが、そのせいでタリーは母親を恋しがっているのだろう。オリヴィアはそう感じた。それは私への態度でわかる。出会ったばかりなのに、タリーはすっかり私になついている。

「ここが私たちの家よ！」オリヴィアが到着すると、タリーが走って出迎えた。そして、オリヴィアの手を取って階段を上がり、白い柳細工の家具が置かれたポーチへと連れていった。

オリヴィアはほほえんでいたが、内心は悔しかった。ジェイソン親子にまんまとここへ連れてこられてしまった。

タリーのあとについて家の中に入ってみると、壁が取り払われ、キッチンと居間に分かれていた部分は一つの大きなスペースになっていた。昔とはまったく違う美しい家に生まれ変わっている。

「なにを食べようか？」ジェイソンはうれしそうに客をもてなしているタリーを見て尋ねた。

「サンドイッチを作ってよ、パパ」タリーが明るく言った。「パパは学校に持っていくランチにサンドイッチを作ってくれるの。それとフルーツ。バナナは嫌いって言ってるのに、体にいいからって」

「バナナはピーナッツペーストと一緒に食べるとおいしいのよ」

タリーが口をすぼめた。「サンドイッチにして？」

「ええ」

タリーはうなずいた。「わかったわ。それじゃ、私はバナナとピーナッツペーストのサンドイッチにするわ。オリヴィアは……チキンとアボカドね。きっと気に入るわ。食事はいつもパパが作ってくれるの。でも、ママはなにも食べさせてくれなかった。お料理も嫌いだったし。ママはもう帰ってこないわ」

オリヴィアは胸が痛み、タリーの肩にやさしく手を置いた。「とても残念ね、タリー。ママがいなくて寂しいでしょう?」

タリーはにっこり笑った。うるさいと言って思いきりたたいたの。「全然! ママは私を」

「タリー、やめなさい」ジェイソンがキッチンから出てきて娘をにらみつけた。「オリヴィアはそんなことは知りたくないよ」

「私は知りたいんじゃないかと思ったの」タリーは困惑したように言った。「ひいお祖母ちゃんはいつも言ってるわ。オリヴィアはすべてを知る権利があるって。ママがあなたからパパをとったことも聞いたわ」タリーは同情するようにオリヴィアの手を握った。

オリヴィアはショックを受けたが、なんとか穏やかな表情を保って話題を変えた。「家の中を見せてもらえる?」そして、廊下の方を見た。

タリーはすぐに女主人役を演じることに決めたようだった。「もちろん。さあ、こっちよ。ひいお祖母ちゃんは、パパは独身でいるには若すぎるっていつも言ってるの」二人きりになると、タリーは言った。「パパがあなたと結婚しなかったなんて信じられないわ。だって、あなたは本当にきれいだもの」

まったく、タリーときたら! 一人になったジェイソンは頭をかかえた。娘には本当に手をやかせられる。あの子が話しだしたらとめることができないのだから。これはすべてレナータの影響だ。

二人きりになった今、タリーがオリヴィアになにを話しているかわかったものではない。タリーが母親なんて恋しくないときっぱりと告げたとき、オリヴィアは心を痛めていたようだった。

自分の寝室に入ると、タリーはベッドに飛び乗った。「パパがこの部屋を塗り替えてくれたの。とても気に入ってるわ！」

「私が六歳だったら、まさにこういう寝室が欲しかったでしょうね」オリヴィアは室内を見まわした。かわいらしい部屋だったが、女の子っぽすぎもしない。この前彼が悩んでいると言った壁の縁は、淡い黄色に塗ってあった。壁全体の穏やかな水色とぴったり合っている。

「お祖母ちゃんがカーテンとベッドカバーを作ってくれたの。お祖母ちゃんは四歳のときから裁縫を習ったんですって」

「彼女は昔から手先がとても器用だったわ」オリヴィアは感心してカーテンとベッドカバーを眺めた。ほかに児童書の入った本棚があり、磨きあげられた床の上には水色と白のラグが敷かれていた。

タリーはベッドの上に寝ころがり、手をたたいた。「そうでしょう！」そして、ふと気づいたように声を張りあげた。「あなたは死んじゃった私のお祖母ちゃんを知ってる？」

「あなたの家族のことならなんでも知ってるわ」オリヴィアは静かに言った。「あなたのお祖母様が亡くなったのは本当に残念よ。アントネッラという美しい名前のすてきな女性だったわ」

タリーはうなずき、大きなブルーの瞳でオリヴィアを見つめた。「まだ悲しんでるの、オリヴィア？言いたくなかったら言わなくてもいいんだけど」

「なんのこと？」きかなくてもわかっていたが、オリヴィアは尋ねた。

「パパのことよ！」タリーは歌うように節をつけて答えた。またひいお祖母ちゃんの影響ね。昔はレナータがアリアを歌う声をよく耳にしたものだった。

「今度は笑ってるのね」タリーが言った。

「昔、あなたのひいお祖母ちゃんがいつも歌を歌っていたことを思い出してたの」

「今でも歌ってるわ。ところで、さっきの質問だけど、まだパパのことで悲しんでるの？」

「いいえ」オリヴィアはきっぱりと答え、首を振った。「もうずっと昔の話だもの。私は大丈夫よ」

「よかった」タリーはベッドから飛びおりた。「あなたに悲しんでほしくないもの」


二人がキッチンに戻ると、コーヒーのいい香りが漂っていた。パイン材の丸テーブルにはサンドイッチの皿が三枚並び、中央には柑橘系のフルーツを盛った皿が、タリーの席にはミルクが置かれている。

「また秘密の話をしてたのかい？」ジェイソンは皮肉っぽい笑みを浮かべて尋ねた。

タリーがオリヴィアにウインクした。「いいえ」

「本当かい？　まあいいだろう。さあ、食べてくれ。僕はそろそろ仕事に戻らないと」

オリヴィアは心配そうな顔で言った。「タリーはその間どうしてるの？　もう学校はお休みでしょう？」

「僕の仕事についてくることもある」ジェイソンは言った。「でも、たいていは祖母のところに行って、噂話を吹きこまれてくるんだ。まったく、学校が休みだと大変だよ」

「学校は嫌い」タリーは言った。「隣の席の女の子はいつもめそめそ泣いてるの。そして、私のノートを見るのよ。私は頭がいいの。ちょっといばりたがりのところもあるけど、明るい性格よ。成績表にそう書いてあったわ。今日はこれから友達のダニーのところに行くの」タリーはピーナツペーストとバナナのサンドイッチをほおばった。「おいしい。一つは取っておいて、あとでダニーと食べるわ」

三人がサンドイッチを食べおえたころ、門の前に赤いハッチバックがとまった。「ミシェルよ」タリーが言い、玄関に走っていった。「彼女に会えるわよ、オリヴィア。でも、ミシェルは本当はパパに会いたいの。ダニーも来たわ」

こうしてオリヴィアはタリーの親友ダニーとその姉のミシェルに会うはめになった。

ダニーは茶色い髪と目をした、がっしりした体つきの男の子だった。姉のミシェルは十六歳くらいだろうか。弟と同じ茶色の瞳と髪をしていて、にっこり笑った口元からは真っ白い歯がのぞいている。チアリーダータイプのかわいい女の子だ。ジェイソンに挨拶する声が震えている。ぴったりしたピンクのサンドレスは胸元が大きく開いていて、日に焼けた脚はむき出しだった。本気でジェイソンが好きなのね。この格好に女たらしの彼が欲望を感じないはずがない。オリヴィアは苦々しくそう思った。

オリヴィアを紹介されると、ミシェルはほかの惑星から来た生物でも見るかのように彼女を見つめた。

ダニーはこんにちはと言うなり玄関から出ていってしまった。

「ダニーは恥ずかしがり屋なのよ」タリーが大人びた口調で言った。「せっかくあなたがいるのに出かけてしまうのは残念だけど――」

「楽しんでらっしゃい」オリヴィアは笑顔で言った。

「また会える？」タリーが心配そうに彼女を見た。

「もちろん会えるわ」

タリーはオリヴィアに抱きついた。

ジェイソンは子供たちを車まで送っていった。彼の隣では、ミシェルがうっとりと彼のブルーの瞳を見つめていた。

「やれやれ！」居間に戻ってくると、ジェイソンはため息をついた。

「ミシェルがあなたに夢中になっているのに気づいてる？」

ジェイソンはまっすぐオリヴィアを見た。「まるで僕に非があるような言い方はやめてくれ。あの子はまだ高校生じゃないか」

「私は高校生のころ、あなたに何度もキスされたわ。かつては私もあなたに夢中だったのよ」

「かつては、だって？」ジェイソンの口元にできたしわはひどく官能的だった。

「あなたがある女性を妊娠させ、結婚するまではね」

「僕だってさんざんな目にあったんだ」

「そうかしら？」オリヴィアは白いパナマ帽を頭にのせ、ジェイソンのわきをすり抜けた。「当然の報いよ！　お昼をごちそうさま。私はもう帰るわ」

「僕も午後中、仕事がたっぷりあるんだ」ジェイソンはオリヴィアのあとについてポーチに出ていきながら言った。「僕はこの二年間、身を粉にして働いてきたんだよ、オリヴィア」

「ハリーはあなたを雇う必要などなかったわ！」オリヴィアは怒りをこめて言った。「自分の行動には自分で責任をとるべきでしょう、ジェイソン」

「僕はそうしているつもりだよ。父親一人で子供を育てるのは大変だ。子供はだれでも母親を必要としているものだからね！」

「ミーガンがひどい母親だったというなら、助けが必要だったんじゃないの？　カウンセリングとか」

「カウンセリングを受けたところで、ミーガンが変わったとは思えない。彼女は母親になるべき女性ではなかったんだよ、オリヴィア」

「もっと早くそう気づくべきだったわね」

「君は簡単には人を許さないんだね？」ジェイソンが言い、二人の間に長い沈黙が流れた。「わかったよ。もう決心はついたかい？　だったら教えてくれ。君が望むならここを出ていくよ」

「本当に出ていってほしいわ。あなたの顔も見たくないし、声も聞きたくないの。あなたがいる限り、私の心の傷は決して癒えないのよ」

「僕だって苦しんでいるとは思わないのか？」

ジェイソンのブルーの瞳は本当に美しい。その目を見るのが怖くて、オリヴィアは庭を眺めた。漂ってくる花の甘い香りが心を落ち着かせてくれた。

「自分が残酷なことをしているのはわかってるけど、仕方がないの。これは喧嘩ではないから、仲直りもできないわ。私の人生はめちゃくちゃになってしまったのよ」

「剣を突きつける前に、僕の人生を見てくれ！　僕はすべての人を傷つけた。それはわかっている。君を傷つけ、ミーガンも傷つけた。そして、自分自身も。どうかその事実に目をつぶらないでくれ。君は僕を困らせるために自分の人生を捨てる気なのか？　君はいったいなにを恐れているんだ？　また昔の感情が戻ってくることか？　この前僕がキスしたとき、君は抵抗しなかった。過去の炎に再び火がついたからさ。その火は決して消えない。君はまだ僕への気持ちが残っているのが恥ずかしいのか？」

長年の悲しみと苦しみがよみがえり、オリヴィアの全身がこわばった。「あなたには私に質問する権利などないはずよ、ジェイソン。ミーガン・ダフィの腕に抱かれた瞬間から、あなたは私のことを考えるのはやめたのだから。私が再び自分を破滅させるようなチャンスをあなたに与えるはずがないでしょう」

ジェイソンの中に激しい感情がこみあげた。僕は四年もの間、不幸な結婚生活を送った。その間ずっと、僕の肩にはずっしりと重い荷物がのしかかっていた。「そうやってみじめさにひたっていればいいさ。僕には関係のないことだ。僕が気にかけているのはタリーだけさ。あの子はここが気に入っているし、彼女のために家も改装した。近くには祖母もいるし、友達もできつつある」

涙で目がかすむのを感じながら、オリヴィアは階段に向かった。鼓動が速くなり、胸が痛んだ。彼女は必死に自制心を保っていた。サングラスをかけていて本当によかった。ジェイソンをまだ愛しているなんて、絶対に彼に知られてはならない。オリヴィアはすばやく振り返った。「私はどんな子供にも責任を感じているわ。だから教師になったの。あなたはかつて私を裏切り、信頼を失った。苦しんだのはわかるけど、それは私も同じよ。あなたには二度と私の人生にかかわってほしくないわ」

「ずいぶんひどいことを言うんだな！」ジェイソンは手すりをつかみ、オリヴィアを見おろした。

オリヴィアは硬い口調で続けた。「でも、あなたに対する気持ちはタリーとはなんの関係ないわ。あの子のために、あなたがここにいることを許しましょう！」

ポーチに下り立ったジェイソンは必死に怒りを抑えこんでいた。本当はオリヴィアに飛びついて、思いきり彼女の体を揺さぶってやりたかった。彼女を求める気持ちはあまりにも強く、自分でも恐ろしいほどだった。「オリヴィア、君はまさに聖人だよ」ジェイソンは嘲りのこもった口調で言った。「今回のはからいだけで君は天国に行けるだろう」

オリヴィアは木陰につないであった馬に足早に近づいた。「もうやめて」彼女は叫び、馬にまたがって手綱を取った。「もう私のことはほうっておいて」

「さよなら」ジェイソンはばかにしたように手を振った。「君に憎まれて光栄だ。無視されるよりはずっとましだからね」

ジェイソンの家からだいぶ離れてから、オリヴィアは思いきり泣いた。私は炎の中からよみがえった不死鳥ではない。私の心はまだ灰の中にあるのだ。

6

オリヴィアがハヴィラーの仕事に熱中しているうちに、クリスマスが近づいてきた。学校が休みになるとタリーはさらに頻繁に屋敷にやってくるようになり、オリヴィアもタリーをますます好きになった。タリーのほうもオリヴィアになつき、ときおり母親との悲惨な生活について話すこともあった。ミーガンは出ていく前にこう言ったそうだ。〝ナタリー、私はもうここには帰ってこないわ。おまえのパパは私のことを愛していないし、私はおまえを愛していない。だから私は新しい人生を見つけるわ。それじゃ、元気でね〟

　幼かったタリーは一言一句覚えていて、母親はもう戻ってこないと周囲の人々に話したという。もちろんタリーはレナータがミーガンについて言った言葉も覚えていた。〝猫のほうがよっぽど母親らしいよ！〟タリーが遊びに来るうちに、オリヴィアにも徐々に事情がわかってきた。レナータは大人の女性を相手にするようにタリーとおしゃべりしているらしい。

　オリヴィアは彼女自身の話も含め、さまざまな昔の噂話や最近のスキャンダルをタリーから聞いた。だれそれの別れ話とか、不可解な殺人事件、流れ者が地元の子供を殺し、砂糖黍畑に死体を捨てた話などだ。レナータは少し危険でドラマチックな話が好きらしい。本当におしゃべりが大好きなのだ。問題はその相手が六歳の子供だということだろう。

　ジェイソンには必要にせまられて何度か会った。農園について話し合わなくてはならないことがあったからだ。オリヴィアが指示を出すと、ジェイソンは素直に従った。ハヴィラーが着実に利益を上げているのはジェイソンの力によるところが大きい。だが、ボスがだれかははっきりさせておくべきだと彼女は思った。

十二月のある暑い朝、オリヴィアはジェイソンを屋敷に呼んだ。夕方前には嵐がやってきそうな天気だったが、ハヴィラーの従業員とその家族のために開く恒例のクリスマスパーティの打ち合わせをしたかった。彼女はハリーが始めたパーティをこれからも続けたいと思っていた。

二人はコーヒーを飲みながらテラスで話をした。お互いに事務的な態度に徹し、オリヴィアがタリーの面倒をみていることは話題にものぼらなかった。

「ハリーはいつも戸外でバーベキューパーティをしていた」ジェイソンは椅子にゆったりともたれて言った。「子供は喜ぶし、親たちも安心するんだ。子供が家の中を走りまわって高価なものを壊すのではないかと心配せずにすむからね。料理はケータリング業者に頼んでいた。去年は〈マルコズ〉だったよ。グレイスにまかせるには荷が重すぎるから」

「確かにね」オリヴィアはそっけなく答えた。そうやってジェイソンとの間に距離をおこうとしていた。「じゃあ、今年も彼らに頼みましょうか?」〈マルコズ〉は地元では有名なレストランで、料理のケータリングもしている。

「今年は〈ロビンズ・キッチン〉に頼んだらどうかと思ってるんだ」ジェイソンはコーヒーを一口飲んだ。「君はロビンのことは知らないだろうね。ロビン・ネルソンは息子を連れて数年前にここに移ってきたんだ。腕のいいコックで、最近では彼女の料理をパーティに使う人も増えている。マルコのところより安いが、料理は彼女のほうが上だと思う。盛り付けもきれいだし」

「ご主人はいるの?」オリヴィアはとっさに尋ねて

しまってから、そんな自分がいやになった。

ジェイソンは好奇の目でオリヴィアを見た。「独身だよ。前の結婚はうまくいかなかったらしい」

「それは残念ね。とくに子供にとっては。あなたはミセス・ネルソンとは親しいみたいだけど？」

ジェイソンはほほえんだ。「親しい女性は彼女だけじゃないさ。僕は女性とつき合わないと思ってたのかい？」

「いいえ。あちこちで遊びまわっていると思ってたわ。まあ、私には関係のないことだけど。こんな話になってしまってごめんなさい。それじゃ、あなたは〈ロビンズ・キッチン〉を勧めるのね？」

ジェイソンは背もたれの高い椅子にまるでプリンセスのように座っているオリヴィアを見つめた。彼女は上等そうな薄手のコットンのノースリーブのトップスと、それにぴったり合うスカートを身につけている。つややかな黒髪は下ろされ、肌はうっすらと金色に焼け、瞳は美しく輝いていた。僕は彼女を失ったときにこれらすべてをなくしてしまったのだと、ジェイソンは思った。

「あなたは〈ロビンズ・キッチン〉を勧めるのかときいているのよ」ジェイソンの視線に耐えられなくなり、オリヴィアは言った。

「ああ、ロビンがいいと思うよ」ジェイソンは熱心に答えた。「彼女に電話してみてくれ。きっと大喜びで引き受けるだろう」

「すべてまかせきりにはしたくないの。きっとロビンと二人で相談しながら進めることになると思うわ。もし彼女が私の言葉に耳を傾けてくれればの話だけど。腕のいいコックは気むずかしい人が多いから」

「ロビンは違う！　彼女ほどつき合いやすい人はいないよ」ジェイソンはそう言ってから、椅子の向きを変えて庭の方を見た。「あそこを走っているのはダニーかい？」

オリヴィアはジェイソンの視線の先を追った。

「十字軍の扮装をしたダニーよ。彼のお母さんに話をして招待したの。彼女も喜んでくれたわ」

そうだろうとも！　ジェイソンはひそかにつぶやいた。理由がなんであろうと、この町ではハヴィラーに招待されるのはすばらしい栄誉だ。

「あれは十字軍ではなくてドラキュラかしら？」オリヴィアは黒いケープを引きずって走るダニーを見つめた。「タリーはああいう残忍な怪物が大好きね」

「レナータの影響だよ。祖母には好きにやらせすぎた。タリーにくだらないことばかり吹きこんで」

「タリーはすべてうのみにしているわけじゃないから大丈夫よ。それに、あなたが言ったところでレナータのおしゃべりをとめられるはずもないし」

「とめようとも思わないよ」ジェイソンは低い声で笑った。

なんて魅惑的な笑い声だろう！　オリヴィアは自分の弱点を思い知り、苦々しい気分になった。だが、すぐに冷静さを取り戻した。「ところで、ききたいことがあるんだけど。ダフィ家の人たちはまだここの工場で働いているの？」

ジェイソンは白いシーツのようなものを巻いてダニーのあとを追っているタリーから目を離し、オリヴィアを見た。「心配いらないよ。彼らは数年前に引っ越したから。もっと海岸に近いシルバートンにシトラス農園を買ったんだ」

「本当に？」確かにタリーは母方の祖父母についてはなにも言っていなかったが、まさか彼らが引っ越したとは思わなかった。「彼らはタリーに会いたがらないの？」

「君はなにも知らないんだね、オリヴィア。彼らはタリーはもちろん、ミーガンにも会いたがらなかった。ジャック・ダフィほどひどい男はいないよ」ジェイソンはまっすぐオリヴィアを見つめた。

オリヴィアは顔を赤らめた。「なにかつけ加えたいように聞こえるけど」

「君の聞いていないところでならね」ジェイソンは皿から小さなケーキをつまみ、頭をのけぞらせて一口かじった。

ケーキを食べているだけなのに、ジェイソンはなんてセクシーなのだろう。額にかかった赤褐色の髪を手で払っている彼から、オリヴィアは目を離せなかった。「奇妙な話ね。ダフィ家のことだけど」彼女はなんとか冷静さを保った。「あなたを義理の息子に迎えられたら、ふつうは大喜びするはずよ」

ジェイソンはかぶりを振った。「結婚式の日、ジャックに言われたよ。ミーガンと結婚しても君は幸せにはなれないと。ショーンの言葉も同じくらいひどいものだった」だが、彼は実際にショーンに言われた言葉をここで口にするつもりはなかった。〝おなかの子がだれの子か、ちゃんと確認するべきだったな。ミーガンはずるい女だから〟ショーンはそう言ったのだ。

もちろんタリーは僕の子供だ。それを疑ったことは一度もない。ミーガンはひどい女かもしれないが、そこまで罪深い嘘はつかないはずだ。タリーは世界で一番かわいい子で、僕の瞳の色を受け継いでいる。タリーがダフィ家に受け入れられなかったのは悲しいことだが、あんな連中とつき合わずにすんでよかったのだ。


その日の午後、オリヴィアはクリスマスパーティの打ち合わせをするためにロビン・ネルソンを屋敷に呼んだ。ロビンはとても魅力的な女性だった。均整のとれた体型で、ブロンドの髪を短くカットしている。茶色の瞳は金色に輝き、鼻はちょっと上を向いていた。そして、頬に大きな傷があった。美しさのせいで顔の傷はさほど目立たないが、だからといって無視できる傷ではなかった。年は三十代前半だろうか。気さくで礼儀正しい女性ではあるが、子供を含めて百五十人もの人が集まるクリスマスパーティをとりしきる自信もあるようだった。

オリヴィアは一目でロビンを気に入った。だが、一頬の傷はどうしたのだろう？　事故にでもあったのだろうか？

「パーティ会場として使う場所をお見せするわ」オリヴィアはロビンを促して屋敷に入っていった。

「プールハウスの隣の広いスペースなの。当日はプールで泳ぐのは禁止にしようと思って。親がいてもやはり心配でしょう。それに、食べ物もお楽しみもたくさん用意するんだもの。子供たちのためにピエロも呼びましょう。そして、最後にサンタが登場して子供たちにプレゼントを渡すの」

「とても楽しそうね！」ロビンがほほえんだ。

「そのためにもしっかりと準備をしないと。あなたが働いている間、息子さんをここで遊ばせておいたらどう？　きちんとだれかに面倒をみてもらうように頼んでおくから」

「きっと喜ぶでしょう」

「大きなテントを三つ設置しようと思ってるの。一つには飲み物を、もう一つにはデザートを用意して、最後のテントにはテーブルと椅子をセットしたらどうかしら？」

ロビンはうなずいた。屋敷に入ってからというもの、彼女はすっかり周囲に目を奪われているようだった。「なんて美しいお屋敷なんでしょう。調度品もすばらしくて。こんなところに住めるなんて本当にうらやましいわ、ミス・リンフィールド」

「ありがとう。私のことはオリヴィアと呼んで。私もこの家にいるとリラックスできるの。さあ、パーティ会場はこの向こうよ」オリヴィアは先に立ってフレンチドアから外に出た。

青々と植物が茂る庭を望むその場所は、戸外の美しいダイニングエリアだった。ハリーは屋敷の裏手にあるこのテラスでいつも朝食をとっていたし、オリヴィアは今もそうしている。太陽の光がタイル張りの床を照らしているが、電動のグリーンと白のストライプの日よけが暑さをさえぎっていた。テラスのすぐ近くにはモザイク模様のタイルが張られたプールがあり、その隣は休憩所になっている。

「すばらしい会場ね」ロビンがうれしそうにオリヴィアを見た。「早く仕事にとりかかりたいわ。まずは計画を立てないと。細かいご希望を教えてくださいな」

「あなたのアイデアと同じようなものだと思うわ、ロビン」オリヴィアはほほえんだ。「まずはビーフ。Tボーンステーキと、切れ目を入れて牡蠣を詰めたカーペットバッグステーキ。子供はソーセージやミートボールやケバブも好きよね。それに、シーフードもバーベキューには欠かせないわ。車海老、鮪のステーキ。マリネした蛸、バナナの葉で包み焼きにした鯔、ロブスターテール、辛いスパイスをかけた肺魚。こういうものを出すには十分な下準備が必要ね。アシスタントはいるんでしょう?」

「フルタイムのスタッフが二人いるわ。いずれも優秀な女性たちよ」

「テーマはもちろんクリスマスよ」オリヴィアは続けた。「テーブルクロスやナプキンも確認しておかないと。伯父のハリーは毎年従業員のためのクリスマスパーティを開いてきたんだけど、この二年間はバーベキューパーティにしていたらしいの。ここの監督者のジェイソン・コーリーが言っていたわ」

ジェイソンの名前を聞いたとたん、ロビンの顔が真っ赤に染まり、頬の傷が銀色に浮かびあがった。

「ジェイソンに今回のケータリングの仕事を紹介してもらって、とてもうれしく思っているの。本当に光栄だわ。彼は最初に私の料理を食べて以来ずっと私の仕事を応援してくれているのよ。このあたりでは〈マルコズ〉の人気が高くて、軌道にのるまでがむずかしかったんだけど、ジェイソンが宣伝してくれたらだいぶ仕事が増えたの。今回のパーティもきっとご満足いただけると思うわ」ロビンは熱意の浮かんだ瞳でオリヴィアをじっと見つめた。

「もちろんそうでしょう。テラスの端にはクリスマスツリーを飾るつもりよ。そこにはクリスマスカラーのライトを、庭の木には小さな白いライトをつけるの。今年はハリーがいない初めてのクリスマスだから、これは彼に捧げるパーティよ。なんとしても成功させなくては」

夕方近く、オリヴィアが大きな納屋を見に行っている間に、それまでのすばらしい天気が突然嵐に変わった。そして、ハリーが彼女の結婚式のために大広間に改装した建物に足を踏み入れたとたん、過去の亡霊が現れた。かつての痛みや屈辱はすっかり薄らいだと思っていたが、この場所に来ると苦い思い出が瞬時によみがえった。

天井が高く、太い梁が交差している歴史的な雰囲気はそのままに、そこを美しい場所に変えるのがハリーの望みだった。すべての柱と梁、たるきの埃が払われ、床は新しくパイン材で張り替えられて磨きあげられた。さらに、特別に注文した錬鉄製の照明器具がつるされた。

オリヴィアは胸にこみあげる悲しみを必死に吹き飛ばそうとした。あのころジェイソンは私にとって輝く甲冑に身を包んだ騎士だった。

だが、その騎士はあまりにもひどい仕打ちをした。

人生とはなんと不思議なものだろう。人生をコントロールできる人などいない。なんとか折り合いをつけ、人はやっていかなくてはならないのだ。私は気の毒に思っていたミーガンに裏切られ、今ではその娘のタリーを心配する身になっている。

雷の音が壁を震わせ、オリヴィアはぱっと振り返った。その直後、目のくらむような稲妻が光った。彼女は一番安全な建物の中央に移動した。今さら屋敷まで走って帰るわけにもいかない。ここまできたら、土砂降りの雨が弱まるのを待つしかない。オリヴィアは怖くはなかった。熱帯の嵐は数えきれないほど体験している。だが、これがサイクロンだと話は違ってくる。時速三百キロにも達するサイクロンの暴風はなにもかも破壊してしまう危険な風だ。開けたままにしておいたドアからは、すでに強い風が吹きこんでいる。

ドアを閉めに駆け寄ると、珊瑚海の方に向いた東側の壁に激しい雨が打ちつけはじめた。室内が暗くなってきたが、もちろん照明はつけられない。

入口のそばに立っていると、長身でたくましい人物が頭にかかった雨を振り払いながら風に押されるように中に入ってきた。突然の出来事に驚き、オリヴィアは悲鳴に近い声をもらした。

「驚かせないでよ、ジェイソン！」オリヴィアはあえぐように言った。「いったいどこから来たの？」

ジェイソンはレインコートをすばやく脱ぎ、フックにかけた。「もちろんこの雨の中からさ。まさか、出ていけというつもりじゃないだろう？　外は滝のような雨だ。雷もすごい」

オリヴィアはすぐにも嵐の中に飛び出したくなった。どうしてこんなときにジェイソンが来るのだろう？　どんなに力が強くてもこの風の中でドアを閉めるのは大変らしく、彼は苦労しながらやっとかんぬきをかけた。

「すぐにおさまるから、落ち着いてくれ」

「嵐なんて怖くないわ」オリヴィアは神経質な声にならないよう、気をつけて言った。

「そういう意味で言ったんじゃない」

「あなたのことだって怖くないわよ」オリヴィアはジェイソンをちらりと見てからすぐに目をそらした。大きな納屋の中にいるのに息苦しさを覚え、彼女は必死に息を吸いこんだ。心の中ではどうか感情が顔に出ていませんようにと祈っていた。

「タリーはだれが見てくれているんだい?」

「もちろんグレイスよ。私は十分ほど前にここに来たばかりなの」

「君はここでなにをしているんだ?」

「まるで尋問ね」オリヴィアは言い返した。

「質問しただけさ。ところで、ロビンとの面会はどうだった?」

ジェイソンは会話を続けながら近づいてきた。豹のようにしなやかな動きを、オリヴィアはうっとりと見つめた。

「うまくいったわ」落ち着いた声が出たので、彼女はほっとした。「ロビンのことも、彼女のアイデアも気に入ったわ。ロビンにならクリスマスパーティの料理をまかせられるでしょう。もしうまくいかなかったらあなたの責任よ」

「ひどいな」ジェイソンは唇の端を下げた。

そのときものすごい雷とともに稲妻が光り、薄暗い室内が明るく照らし出された。

「ああ、もう!」オリヴィアはいらだちを抑えて自分に言い聞かせた。嵐はすぐにおさまる。そうすればここから逃げられる。

「二人きりでいるのがそんなにいやなのかい、リヴ? ずいぶんいらいらしているね」

オリヴィアは顎を上げた。「いらいらしているですって? 嵐がきているんだから当然でしょう」

「信じられないな。君はもっとひどい嵐をいくつも経験しているはずじゃないか」ジェイソンは肩をすくめた。「サイクロン・エミーを覚えてるだろう?」

「わかったわよ！」オリヴィアはつい冷静さを失って言った。「あなたの言うとおり、私はあなたと二人きりでここにいたくないの。とても不愉快だし、昔のことを思い出してしまうから」

「僕だって過去に悩まされているとは思わないのかい？」ジェイソンは言い返し、オリヴィアに近づいてきた。「僕はここに来るのが嫌いだ」

「そうでしょうとも」オリヴィアは辛辣な口調で言った。「ハリーは私たちのために莫大なお金をかけてこの納屋を改装したんだもの」

「ハリーのように気前のいい人物はいない」

「彼はよっぽどあなたのことを気に入ってたのね。五十万ドルもの大金をあなたに残したなんて。でも、そんなことはどうでもいいわ。あなたは長い時間を彼のために費やした。まあ、自分のためだったかもしれないけど。とにかくあなたは頭がいいわ」

ジェイソンはオリヴィアをじっと見つめた。その表情から彼の中で怒りがこみあげているのがわかった。「僕がハリーの信頼を勝ち取ろうと計算ずくで行動していたというのか？　確かに昔、僕は彼を失望させたが、長い時間をかけてそれを償ってきた」

「四年間かけて？」オリヴィアは美しい眉を上げた。「ずいぶん短いのね」

「ミーガンのかかえていた問題を知っていたら、君もそんな言葉は口にできないだろう」過去を思い出し、ジェイソンは口元をこわばらせた。

「自分を愛してくれない夫を持つ妻は、みんな大きな問題をかかえていると思うわ」

「ミーガンは自分の子供を愛せなかった。彼女が出ていかなかったら、僕が彼女を追い出していたかもしれない。ミーガンは自分の不満を小さな子供にぶつけたんだ。ジャック・ダフィは乱暴な男だった。たぶんミーガンとショーン、それに彼らの母親はジャックの怒りのはけ口になっていたんだろう。残念なことに、そういう行為は次の世代へと受け継がれてしまうものなんだ」

　オリヴィアは下を向き、唾をのみこんだ。「なぜ私はミーガンに花嫁付添人を頼んだりしたのかしら。でも、もし頼まなかったとしても、結局は同じことが起きたでしょうね。ミーガンはあなたが好きだったんだもの」彼女は顔を上げ、ジェイソンと目を合わせた。「私は心のどこかでそれをわかっていた。でも、女の子はみんなあなたのことを好きだったから、気にもとめなかった。あなたは私のもののはずだったから」

「いいかげんにしてくれ！」ジェイソンは声を荒らげた。「責められるのはもうたくさんだ。だれでも間違いは犯すだろう。君は昔のようにやさしい女性ではなく、残酷で冷たい女性になってしまった。僕はミーガンの誤解を招くような行動をとった覚えはまったくない」

「なぜ彼女に直接きいてみなかったの？」

「彼女はずっと僕を好きだったと言っていたよ」ジェイソンは暗い口調で認めた。「ミーガン・ダフィ！　僕たちはみんな彼女にだまされたんだ」

「確かに彼女は私をだましたわ」オリヴィアは嵐に負けないように声を張りあげた。「あなたにはタリーが、あんなかわいい娘がいる。今度の誕生日で私は二十七歳になるわ。この年までには子供が二人欲しかった。あなたのせいで何年もむだにしてしまったのよ。若いうちに子供を産みたかったのに」

　ジェイソンはオリヴィアの顔をまじまじと見つめた。「二十七歳が若くないなんて言うつもりじゃないだろうね？」

「私は愛してもいない男性の子供なんて産めないわ。あれ以来、私はだれも愛せなくなってしまった。愛は私の中から消えてしまったのよ」

　ジェイソンはこわばった笑みを浮かべた。「君が何年もほかの男とつき合わなかったなんて信じられない。君のように美しく情熱的な女性が」

「情熱的だった女性よ」オリヴィアは訂正した。

「教えてちょうだい。ミーガンとは離婚したの？」

「もちろんだ。ミーガンは牧場で働いていた男と出ていったよ。今ごろは別の男と一緒かもしれないが。ミーガンはもの静かでおとなしい女じゃない。それは見せかけだけだ」

「この先、タリーを返してほしいと彼女が言ってこない保証はあるの？」

「彼女は自分の子供を捨てたんだ、まるで――」

「まるであなたが私を捨てたみたいに？」考える前に口から言葉が出ていた。

「君は僕を非難せずにいられないんだな？　僕は別の女性を好きになって君を捨てたわけではない。泥酔したあげく、よりによってミーガン・ダフィを妊娠させてしまったんだ。彼女の兄のショーンか、そのどうしようもない友達が僕の酒になにか入れたのかもしれない。コーリーのやつの鼻をへし折ってやろうと思ってね。ミーガンは戻ってなどこないさ。子供はじゃまだとはっきりと言ったんだから」

「だったら避妊すべきだったんじゃないの？　最初から子供を愛せない母親なんていないわ」

「おおぜいいるよ」ジェイソンは言い、かぶりを振った。「悲しいことだが、子供を虐待する母親は珍しくない。君は本当に世間知らずだな。いまだに象牙の塔に住んでいるプリンセスみたいだ」

「でも、そのプリンセスは幸せにはなれなかった」

オリヴィアが言ったとき、再び激しく雷が轟いた。

「きゃあ！　もうここから出たいわ」

「落ち着くんだ」ジェイソンはあとずさるオリヴィアをじっと見つめた。

「なんですって？　あなただって落ち着いているようには見えないわよ」

白い稲妻が光り、太陽よりまぶしい光が納屋を照らした。オリヴィアは耐えきれなくなり、ドアに向かって走った。雨に濡れようが、雷に打たれようがかまわない。二人きりでここにいるよりはましだ。

「ばかなまねはよすんだ、リヴ！」ジェイソンはオリヴィアをつかまえ、とっさに抱き寄せた。その瞬間、さまざまな不安と激しい欲望のせいで彼は理性を失い、身をかがめてオリヴィアにキスせずにいられなくなった。「どうして僕は君を求めてしまうのだろう？」ジェイソンはオリヴィアの柔らかい唇を何度も味わった。「僕はいつでも君を求めている」そして、オリヴィアの頭を上に向け、細い喉元に唇を押し当てた。「手厳しい判事であり、死刑執行人である君を！」

　オリヴィアの目に涙がこみあげてきた。ジェイソンは私をそんなふうに見ているのだろうか？　彼の手に触れられたところが焼けるように熱くなり、胸の蕾が硬く張りつめた。彼は昔のようにオリヴィアの長い髪に手をすべらせ、頭を支えてますます激しくキスをした。彼女の体の奥がかっと熱くなった。

　これは情熱？　それとも男と女の闘いだろうか？ジェイソンに触れられただけで、私はすでに抵抗する気力を失っている。彼はかつて私を捨て、再び厚かましく私の人生に現れた男性なのに。こんなことはもう耐えられない。

　ジェイソンは私を完全に屈服させたいのだ。オリヴィアがなんとか逃れようと体をのけぞらせると、逆に二人の下半身がますます密着してしまった。体の中心が熱をおび、オリヴィアはいつのまにか我を忘れてジェイソンに体を押しつけていた。

　あまりにも強烈な欲望に駆られ、彼女は困惑していた。このままではジェイソンを途中でとめられはしないだろう。でも、本当は私もこうなることを望んでいたのではないだろうか？　ジェイソンは驚くほど簡単に私の理性を失わせた。

誘惑。

そして、彼が誘惑する女性は私だけではない。

そう思った瞬間、オリヴィアは我に返った。ジェイソンは苦しまなくてはならない。失われた時間を取り戻すのは不可能だ。あまりにすばらしいキスや愛撫に、彼がまだ私のことを愛していると勘違いしてしまった。

私の体はなんて分別がなく、軽率なのだろう！　ジェイソンは今までずっと禁欲生活を送ってきたわけではない。ベッドにはいつも裸の女性がいて、彼女たちが恍惚となって気を失うほど激しく体を重ねてきたのだ。もしかしたら、ロビン・ネルソンも彼の手に落ちた女性の一人かもしれない！

「やめて、ジェイソン！　そこまでよ！」自分でも驚いたことに、オリヴィアは気がつくとジェイソンの日に焼けた喉に噛みついていた。そして、次の瞬間、自己嫌悪に陥った。なぜ私はこんな野蛮な行動に出てしまったのだろう。

ジェイソンは小さく声をあげた。「君には驚かされてばかりだな、リヴ。いったいどういうつもりだい？　僕をもっと興奮させようとでも思ったのかい？」

「こんなことをするべきじゃなかったわ」

「もう二度と噛みついたりしないでくれ」

オリヴィアの腰にはジェイソンの腕がしっかりとまわされていた。「放して、ジェイソン」彼女は歯噛みして言った。

ジェイソンは彼女をさらに抱き寄せた。「僕のリヴ！　僕が愛し、そして失ってしまった恋人」

「こんなことは狂気の沙汰だわ」

ジェイソンは笑いながら言った。「男と女が求め合うことのなにが狂気の沙汰なんだい？　君は愛し合う相手として最高だよ。もし君と結婚していたら、早死にしてしまったかもしれないな。毎日激しいセックスに明け暮れて」

「私は違うわ」まだ体が震えているのを感じながら、オリヴィアは怒って言った。雨はまだ激しく降っているが、屋根に響く音は少し小さくなったようだ。

彼女はやっとの思いでジェイソンから離れ、あとずさった。だが、彼がやさしげな表情を浮かべているのに気づいていらだちがこみあげた。「私がここに入るのを見たんでしょう?」彼女は問いつめた。

「正直に言って」

「なんだって?」ジェイソンは困惑したふうを装った。

「本当のことを言いなさいよ」オリヴィアはジェイソンのブルーの瞳をまっすぐ見つめた。

「違うよ、リヴ」ジェイソンの瞳にはからかうような色が浮かんでいた。「僕にだってプライドがある。だが、僕たちが二人きりになったら、することは決まっているだろう? 君は昔と同じように反応してしまうのが恥ずかしいんだね? 僕は君を求めている。それはお互いわかっているし、それが二人の弱さだ。だとしたら、その弱さをかかえて生きていくしかないじゃないか。さあ、僕は原始人のように君をつかまえてしまわないうちに、屋敷に戻るよ。君はここにいればいい。僕が出ていくから」

「それじゃ、さよなら!」オリヴィアはぎらつく瞳でジェイソンをにらみつけた。なぜこんなに激しい怒りを覚えるのだろう? 今にも涙がこぼれそうだというのに。「ほかに何人の女性に同じことを言ったの?」彼女は蔑(さげす)みのこもった口調で尋ねた。

「君だけだよ、プリンセス」ジェイソンはレインコートをはおって軽くうなずき、降りしきる雨の中へ消えていった。

7

オリヴィアはクリスマスパーティに赤のシルクのドレスを選んだ。人には赤が似合うとよく言われるが、めったに着ることはない。しかし、今日はクリスマスだし、クリスマスの伝統的な色といえば赤だ。

キャミソールタイプのミニドレスはスカート部分に赤いビーズがふんだんに使われ、中央に青と黄色のスパンコールでデイジーが描かれていた。下ろした黒髪は何色ものクリスタルのついた美しい二本の櫛(くし)でとめ、足元は素足に赤いハイヒールのストラップサンダルをはいた。招待客たちに比べて少々ドレスアップしすぎだとは思ったが、今日は女主人役(ホステス)なのだからいいだろう。

オリヴィアは二階の窓のカーテンをわきに寄せ、裏庭を見おろした。もうすぐ最初の客が到着するだろう。木々には小さな白いライトが美しく輝き、テラスに置かれたクリスマスツリーは紫がかった黒い空に向かってそびえ立っている。今夜はたくさんの星だけでなく、熱帯の赤い満月が夜空を飾っていた。二つのテントがテラスの両わきに設置され、中央の少し奥まった場所にもう一つテントが張られている。その下にはグリーンや赤のテーブルクロスをかけた丸テーブルと、タータンチェックの大きなリボンで飾られた椅子が置かれていた。なにもかもが美しく整えられ、オリヴィアは満足だった。

「ハリー、これはあなたのためのパーティよ」彼女はそっとささやいた。ハリーはジェイソンにハヴィラーの運営をまかせるのが正しいことだと考え、そう遺言したのだろう。それに、彼はとてもロマンチックな人だったから、私とジェイソンにもう一度一緒になる機会を与えられると信じていたのかもしれない。

九時になるころには、パーティの盛りあがりも最高潮に達していた。オリヴィアは招待客の相手に忙しく、料理を口にする暇はなかった。

だが、すばらしい料理はたっぷりと用意されていた。オリヴィアの予想どおり、子供たちはソーセージやケバブ、ミートボールに飛びついた。何種類もあるサラダにはあまり手を出さないが、パスタはよく食べている。とくにトマトソースのパスタが人気のようだ。興奮して頬をピンク色に染めたタリーは黒い髪をレナータにカールしてもらい、ダニーと一緒に小さな子供たちの面倒をみている。

愛すべき変わり者のレナータは、自分で縫った鮮やかな模様のパーティドレスを身につけ、甘い香りを周囲に振りまきながら登場した。しわのほとんどない頬にチークをさし、唇を真っ赤に塗り、黒い瞳をきらめかせて。色とりどりの宝石を組み合わせて作ったイヤリングもとても美しかった。オリヴィアが出迎えると、レナータは彼女を抱き締めてキスを浴びせ、流れるようなイタリア語で挨拶した。

「私たちはみんな、リンフィールド家に心から感謝しないとね！」レナータはおおげさな身ぶりで客たちの注目を集めた。「あなたはなんて美しいのかしら、オリヴィア。以前よりもっときれいになったわ。そのドレスは本当にすばらしいし、セクシーね！　来るべき新年はあなたにとってすばらしい一年になるでしょう」レナータは謎めいた笑みを浮かべ、オリヴィアに顔を寄せた。「知ってのとおり、私には超能力があるの。あなたの苦しみは消え、昔のような幸せが訪れるわ。私の言っている意味がわかるでしょう？」

オリヴィアは黙っていたし、レナータも彼女の答えを期待してはいなかった。だが、二人ともその言葉の意味はわかっていた。

背後からいつも頭を離れない聞き慣れた声がした。

「まだ一口も料理を食べてないだろう?」

これまでせっかくうまく避けていたのに、オリヴィアはついにジェイソンと顔を合わせるはめになった。「おかしなことに、ぜんぜんおなかがすかないの」

「料理はすばらしいよ」ジェイソンはテラスから庭に置かれたテーブルと椅子の方に目を向けた。だれもが心からパーティを楽しんでいるようだった。

オリヴィアはうなずいた。「そうみたいね。何度も褒められたわ。ロビンには特別手当を出さなくては。とてもよくやってくれたもの」

ジェイソンは笑みを浮かべた。「ロビンはとても鼻が高いだろう。ここまでくるには苦労もあったが、彼女は強い女性だ。今夜のパーティは大成功だよ。なにか食べ物を取ってこようか? ダイエットしているわけでもないだろう?」ジェイソンはからかうように言い、ちょうどいい機会だとばかりにオリヴィアの体にじっくりと視線を這わせた。今や彼女は彼の腕の中に抱き寄せられるくらい近くにいる。

だが、それはいい考えとは言えないとジェイソンは思った。オリヴィアはなんとか僕を避けようとしている。僕が到着したときも、挨拶はしたがそばには来なかった。だから僕は客たちがメイン料理を食べおえ、デザートの並んだテーブルに向かいはじめるこの機会を待っていたのだ。

オリヴィアのドレスはすばらしい。鮮やかな赤が黒い髪とシルバーグレーの瞳、なめらかな肌をいっそう美しく見せている。ジェイソンは今夜の彼女の髪形も気に入っていた。小さくてかわいい耳と喉のラインがよく見える。「で、なにがいい?」ジェイソンは彼女の前に立ちはだかった。「ロブスターはどうだい？　それにサラダを少し。ロビンのサラダはちょっと変わっていておいしいんだ。材料も新鮮な有機野菜を使っている。うちの農園の野菜もね」

「ええ、知ってるわ」オリヴィアはサファイアのように輝くジェイソンの瞳をじっと見つめた。背後には木々に飾られた小さなライトが輝き、彼の姿を明るく照らしている。風で少し乱れた髪。日に焼けたなめらかな肌。袖を無造作に折った深いブルーのシャツは上質なコットンのもので、彼はそれに砂色のズボンを合わせていた。その姿はモデルと言ってもおかしくないほどで、イタリア人の血を引くセンスのよさが自然に表れていた。「今は食べられそうにないわ。おなかがすいていないの。なんとしてもパーティを成功させなくてはと緊張しているからかしら」

「だったら、もうリラックスしていい。みんなパーティを楽しんでいるじゃないか。コーヒーとデザートはどうだい？　それともワイン？」ジェイソンは会場を歩きまわっている若いウエーターに合図をした。「シャンパンを」彼はトレイからグラスを二つ取り、一つをオリヴィアに渡した。「あっちのテーブルがあいている。座ろう」

テーブルにつくと、オリヴィアは冷たいシャンパンに口をつけてから尋ねた。「あなたはロビンが苦労したと言っていたけど、それはどういう意味？　前の結婚のこと？」

ジェイソンは一瞬黙りこんだ。「きっと彼女から直接聞くことになると思うよ。ロビンは君にとてもいい印象を持ったようだから」

「そう」オリヴィアはグラスごしにジェイソンを見た。「話してくれないのね」

「だれにでも言える話ではないからね」

「わかったわ。でも、あなたが自分でその話題を持ち出したのよ。彼女の頬の傷にはだれだって気がつくわ。暴力とは関係ないといいけど。彼女は離婚したんでしょう？　息子のスティーヴンも今夜のパーティに来てるのよ」

「タリーが面倒をみてるよ」ジェイソンはうなずいた。「あの子は六歳にして、母親がまったく持っていなかった母性を備えているらしい」

「タリーは本当にいい子だわ」オリヴィアは言い、口元に笑みを浮かべた。「それにしてもミーガンに似ていないわね。ダフィ家のだれにも」

「何度も言うが、あのブルーの瞳は僕ゆずりだ」

「顔の造りは違うわ」オリヴィアはずっと感じていたことを思わず口にしてしまった。それからふいにジェイソンに尋ねた。「ロビンはあなたの恋人なの？」

　彼の顔から表情が消えた。「どんな権利があってそんなことを尋ねるんだい？」

「権利なんてないわ」オリヴィアは謝った。「もしロビンに虐待されていた不幸な過去があるなら、彼女をこれ以上傷つけてほしくないと思っただけよ」

　ジェイソンの瞳に怒りの光がよぎった。「僕はわざと女性を傷つけるような男ではない」

「酔っていてなにも覚えていないというのは言い訳にならないわよ」

「まったく、君にかかると僕は一級の犯罪者だな」

　オリヴィアは顔をそむけた。「この話はやめましょう。すべては終わったことよ。私はただ、私を誘惑しておきながら、ほかの女性にやさしく声をかけているのを黙って見ているのは我慢できないと言いたかっただけ。私はロビンが好きだし」

「それを聞いてうれしいよ。彼女も君を気に入ったようだ。だが、他人の問題に首を突っこむ必要はない。ちなみにロビンとはただの友達だ」

「すばらしいわ！　それなのに彼女を助けるなんて、

あなたってやさしいのね」

「君はもう昔のようにやさしくはないんだな。僕のいとしいオリヴィアはひどく辛辣(しんらつ)な女性に変わってしまった」

「私はあなたのいとしいオリヴィアじゃないわ」

「本当にそうかな？　僕たちは過去を共有しているじゃないか。小さいころからずっと一緒に過ごしてきたし、とても強い絆(きずな)で結ばれている」

「だからこそ、あなたに裏切られたときは打ちのめされたわ。でも、お互いそのことは忘れようと決めたんじゃなかったかしら？」

「過去を忘れないのは君のほうさ。情け深い人には幸せが訪れるというだろう？」

「私の目の前にあったのは困難な道だけだった。でも、あなたはまだここにいる」オリヴィアは挑戦的な口調で言った。「そして、タリーはほかの子供たちと楽しそうに走りまわっている。それを考えれば、私は十分情け深いと思うけど」

「そうだな。それに賢くもある。だが、君にはまだハリーの王国を切り盛りすることはできない」

「少しずつ勉強を始めているわ」

ジェイソンはこわばった笑みを浮かべた。「ダンスが始まる。僕と踊ってくれるかい？」

「いいえ、断るわ」

「昔は僕たちが踊るのをみんなが見ていたね」

「踊るあなたを女性たちが見ていたというのが本当のところよ。あなたは人に教えられるほどダンスが上手だったもの」

ジェイソンは笑った。「ダンスはレナータに習ったんだ。彼女には会ったかい？」

オリヴィアは思わず笑みを浮かべた。「彼女はすばらしい女性ね」

「もう少し慎みを持ってくれればね。タリーに家族の秘密をあれこれ話してほしくないんだ。作り話も多いし。祖母は夢想家なんだよ。コーヒーとケーキを取ってこようか？　すぐに戻る」ジェイソンはシャンパンを飲みほして立ちあがった。

ここを離れたほうがいいとわかってはいたが、オリヴィアは動けなかった。屋敷のすべての部屋から明かりがもれ、会場を照らしている。空には赤い月が輝き、あたりには花々の甘い香りや料理のおいしそうなにおいが漂い、着飾った子供たちが笑い声をあげて庭を走りまわっていた。そして、ジェイソンのブルーの瞳が彼女を見おろしていた。クリスマスパーティにはまさに魔法のような力がある。

オリヴィアは大きく息を吸いこんで祈った。どうか、ばかなまねをせずにすみますように。ジェイソンはかつて私を打ちのめした。だからもう一度私を傷つけることなど彼にとっては簡単に違いない。

長年リンフィールド家に雇われている製粉所の所長、サルヴァトーレ・デ・ルカは完璧（かんぺき）なサンタクロースを演じた。でっぷりした体型と、楽しそうな笑い声を持つ五十代の彼はまさにサンタ役にぴったりだった。

子供たちはオリヴィアが悩みに悩んで選んだおもちゃのプレゼントを配られ、大喜びしていた。心配するまでもなく、ハリーの開いてきたパーティと同様、今夜も大成功だった。いまだ興奮さめやらない子供たちを連れ、客たちは礼を言いながら帰っていった。

ミセス・デ・ルカはオリヴィアの両腕をつかみ、今夜はとても楽しかったと告げた。そこへ車で迎えに来た若いカップルが現れ、夫のサルヴァトーレが誇らしげに二人を紹介した。

「うちのカルロだ！」サルヴァトーレはハンサムな若者の肩に腕をまわした。若者はオリヴィアに向かってほほえみ、手を差し出した。

「お会いできてうれしいわ、カルロ」オリヴィアはカルロ・デ・ルカの明るいブルーの瞳を見つめた。「お久しぶりね。とても元気そうじゃない。たしかあなたは医学部を卒業したのよね？」

「息子は医者になったんだよ！」サルヴァトーレはうれしそうに、そして誇らしげにほほえんでいた。彼は息子と娘にすばらしい教育を与えるために、一生懸命働いてきたのだ。「今やドクター・デ・ルカさ。なれなれしくはできないな」サルヴァトーレが冗談を言った。「そして、こちらがいとしいリアン・グラント。もうすぐうちの家族になるんだ」

「僕の婚約者だ」カルロは美しい女性の腰に腕をまわした。グリーンの瞳とストレートの長い茶色の髪をしたリアンはにっこりほほえんだ。「リアン、こちらがオリヴィア、地元のプリンセスだよ」

「まだそんなふうに呼ばれているなんて信じられないわ」オリヴィアはリアンに手を差し出しながら苦笑した。「二人とも、どうしてパーティに来なかったの？ 来てくれればきっと楽しかったのに。こっちにはいつまでいるの？」

「クリスマスの翌日だよ」カルロはそう言ってリアンのこめかみにキスをした。「その次の日から病院の仕事に戻らなくてはならないんだ。リアンは理学療法士なんだが、彼女も仕事がある」

「帰る前にぜひ遊びに来てちょうだい」オリヴィアは言った。「ディナーはどう？ 私たちの共通の友人を何人か招待するわ。きっとみんなもリアンに会いたがるでしょう」

「楽しそうだわ」リアンがほほえんだ。「それにしてもすばらしいお住まいね、オリヴィア」

「今度いらしたときにゆっくりご案内するわ」オリヴィアは請け合った。

「楽しみにしているよ」カルロは一歩前に出て、オリヴィアの頬にキスをした。「僕たちは両親の家に滞在しているから、連絡はそちらに頼む。さて、帰る前にジェイソンに挨拶してこないと。近くにいるかな？」カルロは真っ黒な髪を揺らしてあたりを見まわした。

「そのあたりにいるはずよ」オリヴィアは答えた。「ジェイソンは私のためにハヴィラーを管理しているの。とてもよくやってくれてるわ」

「彼とミーガンはもう一緒に暮らしてはいないのかい？」カルロは言葉を選んで尋ねた。

「あのミーガンという子は好きになれなかったな。気の毒なジェイソンを引っかける前、彼女はうちのカルロを追いまわしていたんだ」サルヴァトーレが言うと、妻が彼の背中を強く突いた。「失礼」彼は気まずそうに妻を見た。

「おやすみなさい、オリヴィア」ミセス・デ・ルカは夫を黙らせて言った。「本当にすばらしいパーティだったわ。ミスター・リンフィールドもきっとあなたをとても誇らしく思っているでしょう」

「お会いできてよかったわ、オリヴィア」リアンも手を振った。

お会いできてよかったわ。オリヴィアもそうつぶやいたが、なにかが心に引っかかっていた。

彼女はしばらくその場に立ち尽くし、カルロとリアンがジェイソンの方に歩いていくのを眺めていた。

得体の知れない不安が心の奥で渦巻き、真っ赤に焼けた炭を投げつけられたかのように衝撃が襲ってきた。十歳のころから医者になりたいと言っていたカルロ・デ・ルカを、オリヴィアはずっと好ましく思っていたし、彼の婚約者のリアンは美しく知的な女性だった。二人にはぜひ幸せになってほしい。

それなのに、なにが問題なのだろう？　なにが私を不安にさせるのだろう？　オリヴィアは両手を組み合わせ、しっかりと目を閉じた。サルヴァトーレが言ったことだろうか？　確かに彼の言葉を聞いて私は少し動揺したが、彼は私を傷つけるつもりなどなかっただろう。ミーガンはジェイソンを私から奪ったことで、このあたりに住むほぼ全員を敵にまわした。だれもがジェイソンではなく、ミーガンを非難した。

　頭の中に一瞬光がよぎり、オリヴィアは息がとまりそうになった。ふいに不安の原因が明らかになり、彼女はあまりにも罪深いその考えが恐ろしくなった。

　タリーの瞳はカルロ・デ・ルカの瞳だ。

　次の瞬間、オリヴィアは強く否定した。まさか、いったいなにを考えているの？　単なる偶然の一致よ。瞳が似ているというだけの話だわ。だが、タリーの真っ黒い巻き毛もカルロと同じだった。タリーの瞳の色はジェイソンの瞳の深いブルーとは違うし、二人は顔つきも似ていない。

　いいえ、タリーはジェイソンの子よ。私はいったいなにを考えているの？　だが、オリヴィアは荒れ狂う感情を抑えきれなかった。カルロ・デ・ルカに会うのは七年ぶりだ。彼は医学の勉強をするためにシドニーの親戚のところに行っていた。それなのに、よりによってなぜ今夜ここに現れたのだろう？　もうすぐ無事に楽しいパーティが終わろうとしていたのに、昔の友達の姿を借りて大きな問題が現れた。

　不安がこみあげてきて、オリヴィアの鼓動が速くなった。タリーとカルロはそっくりだ。私にわかるのだから、ほかの人も気づかないはずがない。いいえ、偶然よ。彼女はなんとかそう思おうとした。自分の頭の中でならなにをどう想像してもかまわないが、こんなことはだれにも話せない。秘密を打ち明けられるのはハリーだけだったが、その彼も今はいない。

　私の勘違いだったらいいのに。

　だが、そうではないとオリヴィアは知っていた。

パーティが終わると、ロビンと彼女のアシスタントたちは疲れきっていた。オリヴィアは彼らに礼を言い、気前のいい額の小切手をロビンに渡した。

「よくやってくれたわ、ロビン」オリヴィアは次々と皿が下げられてくるキッチンで言った。「どんなにお礼を言っても足りないくらいよ。スティーヴンも楽しんでくれたみたいね」

「あの子は遊び疲れて寝てしまったわ」ロビンはほほえんだ。「タリーは本当におもしろい子ね！　まるで大人の女性と話をしているみたい。さっきおやすみを言いに来たわ」

「ええ。タリーはひいお祖母(ばあ)さんのレナータと帰っていったわ」

「彼女も個性的ね」ロビンは言った。「ジェイソンがまだ近くにいるなら、スティーヴンを車まで運んでもらおうかしら。このごろめっきり重くなって、手に負えなくなってきたの」

オリヴィアはうなずいた。「ジェイソンならテントの近くで椅子を片づけてくれているわ。早く帰ってゆっくり休んでね」

「このお仕事を与えてくださって本当に感謝しているわ、オリヴィア」

「あなたこそ本当によくやってくれたわ。きっとまた仕事をお願いする機会があるでしょう」

いまだ荒れ狂う感情をかかえ、オリヴィアはロビンが小走りにジェイソンに近づいていくのを見ていた。ロビンは女手一つで小さな息子を育てている。彼女がすばらしい男性との出会いを望んでなにがいけないのだろう？　でも、彼女がジェイソンを好きになるのは危険すぎる。彼はまだ自分の過去にとらわれているのだから。

そして、私も。よりによって今日という日に、ジェイソンも私も永遠に過去から逃れられないことを知るはめになるなんて。

客が全員帰り、グレイスも満足げに自分の部屋に戻った。オリヴィアはポーチの揺り椅子に座り、床を蹴(け)っては椅子を前後に揺らしていた。あまりにも気が動転していて、今夜は眠れそうにない。一人で静かに考える時間が必要だ。何度も心の中で反論したが、タリーとカルロ・デ・ルカが似ているのは親子だからということは間違いないように思われた。タリーはカルロの娘なのだろうか？　サルヴァトーレは、ミーガンが気の毒なジェイソンを引っかける前にカルロを追いまわしていたと言っていたが、それは事実なのだろうか？　彼の妻のベラ・デ・ルカもそれを知っていたのだろうか？

私はどうすればいいのだろう？　怪しまれずにカルロから話を聞き出すのは可能だろうか？　だが、いったいなんと言えばいいのだろう？〝あなたはミーガン・ダフィとベッドをともにしたことはある？〟とでもきけばいいのだろうか？　そんな質問をすればカルロがどう答えるかはわかっている。

〝そんなことが君となんの関係があるんだい、オリヴィア？〟

私はジェイソンと結婚するはずだった。そこへミーガン・ダフィが現れ、ジェイソンに彼の子供を身ごもっていると告げた。だが、それは嘘(うそ)だった。彼女は別の男性の子供を妊娠していたのだ。とうてい結婚など望めない男性の子供を。カルロには医者になるという目標があった。彼の両親もその夢を実現させようと必死で働いていた。何者にもそのじゃまをさせるわけにはいかなかった。

オリヴィアは苦悩した。私自身が人生をめちゃくちゃにされたからといって、こんな疑惑を持ち出す権利があるだろうか？　この話を公にすれば、ほかの人たちをも苦しめることになる。でも、黙っていたらカルロの権利はどうなるのだろう？　彼には自分に子供がいることを知る権利があるのではないか？　彼の両親も孫がいたことを知る権利があるのではないか？　ジェイソンは？　彼だってタリーが自分の子供ではないことを知る権利があるのではないだろうか？　タリーは？　レナータは？　タリーには確かにイタリア人の血が流れているようだが、それはデ・ルカ家の血だろう。もし私の予想が正しかったとして、この事実が明らかになったら、たくさんの人の人生が引っくり返ってしまう。真実を知るのはミーガンだけだ。ずる賢いミーガン。私もジェイソンも彼女の本性を見抜けなかった。

とはいえ、この策略を暴くのは私の役目なのだろうか？　そもそもそれは暴かれるべき秘密なのだろうか？　小さな子供の幸せを危機にさらしてまで。なぜ私にあの親子の尊い絆を壊せるだろう？

椅子を揺らしながら、オリヴィアはついに結論を出した。この話は自分の胸におさめておくしかない。だが、今夜カルロと話し、ジェイソンも恐ろしい真実に気づいたかもしれない。

タリーは実の娘ではなく、ミーガンが自分に嘘をついていたのだと。

ジェイソンはテラスに続く階段をのぼりきると、葡萄の蔓のからまる柱にもたれて言った。「もうとっくにやすんだかと思ってたよ。長い夜だったからね」

「ぜんぜん眠くないのよ」オリヴィアは無頓着な口調を装って言い、ジェイソンを見た。ポーチの明かりが彼のサファイアのような瞳と赤褐色の髪を照らしている。彼はとてもリラックスしているようだ。カルロと会ってもなにも感じなかったらしい。オリヴィアの不安はしだいに消えていった。タリーはジェイソンの子よ。そうに決まってるじゃない。

「一緒に座ってもいいかい？」ジェイソンはからか

うようにほほえんだ。

「いいわよ。少しの間なら」オリヴィアは体をずらしてスペースを作った。かつてここは二人のお気に入りの場所だった。あたりには梔子（くちなし）の甘い香りが漂い、空には無数の星が輝いていた。そして、ジェイソンはオリヴィアを膝にのせ、やさしくキスをしたものだった。

「やけに真剣な顔をしているね」ジェイソンはオリヴィアの顔をのぞきこんで言った。

「私はいつでも真剣よ」

「確かにね。だが、なにか特別な悩みがあるみたいだ。どうしたんだい？」

オリヴィアはかぶりを振った。「なんでもないわ」

「なるほど。僕には言えないというわけか」ジェイソンは椅子にもたれ、オリヴィアのスカートの裾（すそ）に触れた。「このドレスはとてもいいね。真っ赤なポピーの花畑を連想させる。君は赤がよく似合うよ」

「ありがとう。あなたもすてきよ、ジェイソン。ところで、カルロと彼の婚約者をどう思った？」

「彼女はすてきな女性だね。気に入ったよ。穏やかでまじめそうで、カルロにはお似合いだ。彼も医者になったせいか、だいぶ大人になったようだ。昔はちょっと手がつけられなかったが」

「そうだったの？」オリヴィアは驚いた。

「昔のカルロはひどい女たらしだった」

「女たらしはあなただと思ってたわ」オリヴィアは皮肉たっぷりに言った。

ジェイソンはかぶりを振った。「僕は町中の女の子に声をかけてまわったりはしなかった。僕にはずっと君がいたからね。カルロはほかの男たちと一緒に女の子を追いかけてばかりいたが、もう落ち着いたようだ。二人とも幸せそうだった。彼らをディナーに招待するんだって？」

オリヴィアはうなずいた。「ちょっとしたディナーパーティを開こうと思って。料理はロビンに頼むつもりよ」

ジェイソンは肩をすくめた。「それで、僕はそのパーティに招待されるのかな？」

「あなたを招待するなんてとんでもない話だわ」

「なぜだい？　僕はパーティに出てもきちんとした会話くらいできるよ」

オリヴィアは心からうんざりしたように言った。

「あなたと一緒にテーブルについたりしたら、いろいろといやなことを思い出してしまうわ。今はまだ、あなたがそばにいると落ち着かないの」

ジェイソンはわざとらしく体を離した。「これでいいかい？　君がそんなに臆病だとは思わなかったよ」

「それくらいの罰を受けても仕方がないでしょう？　私はかつてあなただけを愛していた。今でもあなたのことを気にかけている。それが私の罰なのよ。もしそうせずにすむ方法があるならなんでもするわ」

「かつて二人の間に存在した愛に満ちた関係を、無視することなどできない。人を愛するのは苦しいし、愛するとは失うことだ。だが、愛のない人生なんてありえない。それだけは君にも知っておいてほしい。僕はミーガンを誘惑するつもりなんてなかった。女性を誘惑するなんて僕の主義ではないからだ。ミーガンとの一夜限りの情事については、その後ひどい頭痛に悩まされたということしか覚えていない」

「でも、結婚してからは同じベッドで寝ていたんでしょう」オリヴィアはそう言いつつ、ジェイソンがミーガン・ダフィと何度も愛し合ったのだと思ってぞっとした。

ジェイソンは大きくため息をついた。「そうしようとはしたが、うまくいかなかった。愛してもいない相手とベッドをともにするのはひどくみじめなものさ。ミーガンのことは今でもかわいそうだと思っている。彼女は問題をかかえていて、子供に対して責任を持つのをいやがった。僕がタリーを愛することにさえ腹を立てていた。君も僕の罪ばかり責めていないで、自分の心を平安に保ったほうがいいよ、リヴ。それじゃあ、おやすみ」ジェイソンは立ちあがり、オリヴィアを見おろした。そして、大股でポーチを横切り、階段を下りていった。

「ちょっと待って！」

オリヴィアはあわてて立ちあがった。なぜ私はジェイソンに気にかけてもらいたいと思っているのに、彼を追い払うようなまねをしてしまうのだろう？

彼女は芝生の上を走り、ジェイソンを追いかけた。

「ジェイソン！」

彼は振り向かなかった。屋敷の照明も、木々につけられたライトもほとんど消え、大きなオレンジ色の満月だけが芝生を銅色に染めていた。

「ジェイソン！」オリヴィアはもう一度叫んだ。

「もうベッドに入るんだ、リヴ」ジェイソンは叫び返し、足を速めた。

「いいえ、あなたを逃がしはしないわ！」オリヴィアは怒って言った。

ジェイソンがふいに振り向いたので、オリヴィアは赤いシルクのドレスをなびかせて走りだした。

「きゃあ！」突然足に鋭い痛みを感じ、オリヴィアは動きをとめた。地面からなにかが突き出ていて、それにつまずいたらしい。体が前のめりになり、彼女はとっさに片手を伸ばしながら柔らかい芝生の上に倒れこんだ。

ジェイソンがオリヴィアのわきにしゃがみこんだ。

「ハイヒールで走ったら危ないじゃないか。大丈夫かい？」

「大丈夫なはずないでしょう。芝生の上にうつ伏せになって倒れているのに。いったいなににつまずいたのかしら？」

ジェイソンは闇の中を見まわした。木々の間からもれた月の光が二人の上に降りそそぎ、プルメリアの花の香りが漂っている。ふいに彼は、ハヴィラーの美しい庭でオリヴィアと二人きりで過ごした暗闇を思い出した。

「わからないな」ジェイソンは努めて軽い口調で言った。「きっと木の根かなにかだろう。立ちあがるのに手を貸そうか？」彼は手を差し出した。

「このまま一晩中芝生の上で過ごしたいように見える？」オリヴィアは言い返し、手を伸ばした。

「僕がつき合ってあげるよ」

やさしげなその言葉がオリヴィアの自制心を打ち砕いた。ジェイソンはなめらかな動作で彼女を立ちあがらせ、彼女の体をしっかりと抱き寄せた。

「つかまえた」彼はつぶやき、身をかがめてきた。

オリヴィアがジェイソンの唇を拒否できるはずもなかった。あの甘く情熱的なキスと、忘れられない魔法を。オリヴィアは恍惚となり、彼女の中でジェイソンに対する欲望がふくれあがっていった。もうあと戻りはできない。ジェイソンの手がゆっくりとオリヴィアの肩から背中、腰へとすべりおりていくと、彼女の全身に興奮が駆け抜けた。

「すてきなドレスだが、今は芝生の上に置いておいたほうがいい」ジェイソンはドレスの肩紐を下ろし、オリヴィアの鎖骨に向けて唇を這わせていった。

「リヴ、僕は君なしではもう一日も生きていけない」ジェイソンは彼女の胸を両手で包みこんだ。「僕に君を愛させてくれ。もう悲しんだり、怒ったりするのはやめよう。罰なら十分に受けた」

ジェイソンの舌がオリヴィアの舌をさぐり当て、官能的に動きはじめた。

オリヴィアはそのじらすような動きに泣きだしそうになった。「なにを言ってるの、ジェイソン？」彼の言葉の意味をはかりかね、オリヴィアは不安に駆られた。「もう一度やり直したいということ？」

「そうだ！」ジェイソンはせっぱつまった口調で答えた。「僕たちは二人とも十分苦しんだ。僕は君を取り戻したいんだ、リヴ」

興奮のせいだけでなく、心に受けた傷のせいで、オリヴィアの鼓動は速くなった。私はどうすればいいのだろう？　欲望はこれ以上ないくらい高まっていたが、ふいに鋭い痛みが彼女を貫いた。ジェイソンに屈するのは最後の防御の壁を取り払うことであり、私にとっては危険な過ちとなるだろう。私は今まで苦労して安全な場所に逃げこみ、キャリアをつかんだ。それなのに再びジェイソンの魅力にとりつかれ、彼に触れられた体は私を裏切ろうとしている。

オリヴィアは頭をのけぞらせ、震えながらジェイソンから離れようとした。夢はもう終わった。ミーガン・ダフィが二人の間に現れ、子供を身ごもり、すべてを変えてしまったのだ。

「それで私と結婚し、私もハヴィラーも手に入れるというわけね」オリヴィアはジェイソンに奇妙な笑みを向けた。「そうなったら、まさに完璧な計画と呼べるでしょうよ」

「君はそんなふうに思っているのかい？」ジェイソンの冷たい声には軽蔑がこもっていた。

「私は大人になったし、賢くもなったわ」オリヴィアは自分の落ち着き払った声に驚いた。

ジェイソンはハンサムな顔をこわばらせた。「賢いかどうかなんて関係ない。君は冷たく、人を許そうとしない高慢な人間だ、オリヴィア・リンフィールド。そんな君は、僕はもちろんほかのだれとも将来を築けるはずがない」

オリヴィアは激しい怒りがこみあげるのを感じた。

「そのとおりね！　私だって昔はあなたのために生きていたわ。あなたなしで生きていくには思った以上に時間がかかりそうよ」

「その言葉を本気にしていいんだね？」ジェイソンは荒々しい口調で言った。そして、オリヴィアの体を抱き寄せ、彼女が一生忘れられないような激しいキスをした。「君は意味のない言葉ばかり並べたてている、とんでもない偽善者だ。このままベッドに連れていくことだってできるが、君にはそんな価値もない。君は過去にとらわれているんだ、オリヴィア。もう君にはかまわないよ」

ジェイソンが車に走り寄り、ドアを思いきり閉めるのを、オリヴィアはひどい気分で見つめていた。まるで荒波にもまれているような気がした。両腕を振りまわしても、水の上に顔を出すことすらできない。ジェイソンを追い払おうと全力を尽くしているのに、一方では自分をとめられない。オリヴィアはそんな矛盾した行動を冷静に分析することさえできなかった。今夜思いがけず知ってしまった秘密のせいで、彼女の心はまだ激しく揺れ動いていた。ジェイソンのまわりには答えが出ていない問題がまだたくさんあるのに、どうして彼とよりを戻せるというのだろう？

オリヴィアはゆっくりと屋敷に戻った。ジェイソンはああ言っていたが、今後ミーガンが現れないという保証はない。今も彼女の小さな体が暗闇から出てきそうな気がするくらいだ。きっと私はミーガンに憎まれていたのだろう。私にはジェイソンがいた。裕福な伯父のハリーも。そして、すばらしい屋敷に住み、だれからも愛されていた。そのすべてがミーガンの気にさわっていたのだろう。私がジェイソンとよりを戻したと知れば、ミーガンはいやがらせをしてくるに違いない。私とジェイソンが幸せになることなど絶対に許さないだろう。自分の目的を果たすためなら、彼女はどんなひどいまねでもするはずだ。かつてミーガンは自分の罪深い秘密をだれも知らないのをいいことに、ジェイソンを脅して自分と結婚させたのだから。

　オリヴィアはポーチに腰を下ろした。すばらしいパーティの締めくくりがこんなにひどいものになるなんて。車に飛び乗ってジェイソンの家に駆けつけたいという衝動がこみあげてくる。私はジェイソンを強く求めているが、その彼を追い払ったのは自分自身だ。オリヴィアの目に涙がこみあげてきた。唇にはジェイソンのキスの感触が、肌には彼の香りがまだ残っている。私を取り巻いているのは混乱と苦しみだけで、さらに体はジェイソンを求めて熱くほてったままだ。今夜はとても眠れそうにない。

「愛してるわ、ジェイソン」オリヴィアは声に出して言った。何年も彼を求めていたのに、私は自ら彼を追い払ってしまった。愛とはなんと謎めいたものだろう。

　オリヴィアは声をあげて泣いた。

8

　人形の家のように美しい〈ロビンズ・キッチン〉は、町のメインストリートの角にあった。正面の大きな出窓にはおいしそうな料理がところ狭しと並べられている。細長いガラスがはめこまれたドアには美しい真鍮（しんちゅう）のドアノブがついており、見晴らし窓の下に植えられた真っ赤なアナナスの花も目を引いた。なかなか感じのいい店だ。

　オリヴィアは感心し、一瞬ためらってから店のドアを開けた。エアコンの涼しい風が流れてくる。ロビンは白のユニフォームに青と白のギンガムチェックのエプロンを身につけ、てきぱきと給仕をしていた。オリヴィアを見ると、彼女はすぐにほほえんだ。

「お待ちになる間、コーヒーでもいかが？」ロビンは言った。「すぐに用意しますから」

「いただくわ」オリヴィアは料理雑誌が広げられた奥まった一角に腰を下ろした。

まもなくアシスタントの一人がカプチーノを持ってきてくれた。小ぶりのホームメードのペカンパイもついている。オリヴィアは礼を言い、コーヒーを味わいながら店内を見まわした。

〈ロビンズ・キッチン〉は小さいがとても雰囲気のいい店だった。これまで聞いた話では、ロビンは学校で正式に学んだことはないが、料理好きの一家に育ち、小さいときから料理に親しんでいたという。のちに一人で子供を育てなくてはならない状況に陥ったとき、ロビンはこの地でレストランを開くことに決めた。新鮮で質のよい材料を使った手作り料理を出す店を。

ロビンはきっと成功をおさめるだろうと、オリヴィアは思った。ジェイソンが言っていたように、彼女には勇気とパワーがある。

十分後、ロビンがやってきた。「お会いできてうれしいわ、オリヴィア。私の小さな店にようこそ」

「ここは以前、子供服を売っていたミス・イネスの店だったけど、あなたはとてもすてきなお店に改築したわね」オリヴィアはほほえんだ。「でも、もっと広いお店にしてもいいんじゃない？」

ロビンはうれしそうにうなずいた。「こんなに早く店が軌道にのるとは思っていなかったの。前にも話したとおり、最初ここへ来たときは苦労したのよ。だれもが昔からある〈マルコズ〉を使っていたから」

「でも、幸いジェイソンが評判を広めてくれた」

「そう、彼のおかげだわ！」ロビンは頬を染めた。「彼はとても魅力的な男性で、その言葉にはだれもが耳を傾けるわ。とても親切だし」

「そうかもしれないわね」オリヴィアはおいしいペカンパイの最後のひとかけを口にした。

ロビンはためらいがちにオリヴィアを見た。「気を悪くしないでね、オリヴィア。このあたりの人たちが言っていたんだけど――」

「ジェイソンと私がかつて婚約していたって？」オリヴィアは自ら言葉を引き取った。「でも、結局うまくいかなかったの。あの賢いジェイソンが、ミーガン・ダフィという女性の策略にはまってしまったのよ。そのあとのことはもう知ってるでしょう？」

ロビンはうなずいた。「彼はまだあなたを愛してるわ。それはわかってるでしょう？」

「どうして彼がまだ私を愛していると思うの？」オリヴィアは静かに尋ねた。

「あなたたちが一緒にいるところを見て、すぐにわかったわ。だから彼の気を引こうなんてばかなまねはやめることにしたの」ロビンはかすかに悲しげに言った。

「まあ、ロビン！　本当にそれでいいの？」

「私ってばかよね」ロビンは顔をしかめた。「でも、今は自分が夢を見ていただけだとわかってるわ」

「なんと言っていいかわからないわ」オリヴィアはロビンを励ましたかったが、そんなことは無理だとわかっていた。

「大丈夫よ」ロビンはほほえみ、オリヴィアの手をやさしくたたいた。「私は友情で満足することにしたの。ジェイソンはいい人だし」

「ええ、そうね」オリヴィアはうなずいた。「ところで、話したくなかったらそう言ってほしいんだけど、あなたの結婚生活は不幸なものだったの？」

ロビンは茶色の瞳でオリヴィアの肩のあたりをじっと見つめた。「不幸なんてものではなかったわ。暴力、目のまわりの痣(あざ)、骨折……私は夫にナイフで顔を傷つけられるまで、とにかく我慢を重ねていたの」彼女は頬の傷にそっと触れた。

「まあ、なんてひどい！　本当にお気の毒だったわね」オリヴィアはつぶやき、体を震わせた。「つらい思いをしてきたでしょうけれど、これからは私もできる限り応援するわ。実は、今日ここへ来たのも仕事を頼みたかったからなの。今週の土曜日にディナーパーティを開くんだけど、その世話をお願いできないかと思って。幼なじみのカルロ・デ・ルカが婚約者と帰ってきているから、古い友人たちが集まることになったのよ。それで、今ここで待っている間に考えついたんだけど、できればあなたもお客としてパーティに参加してもらえないかしら？　人数が足りないの、お願い」

最初ロビンは心もとない表情を浮かべていたが、やがてにっこり笑って言った。「あなたはとても親切ね、オリヴィア」

「きっとあなたも楽しめると思うわ」オリヴィアはロビンにぴったりの相手をすでに思いついていた。「メニューを決めたら、できるだけ早く教えてもらえる？　当日はあなたに料理の準備まで監督してもらって、盛り付けや給仕はアシスタントにまかせたらどうかしら？　グレイスはクリスマス休暇でいないのよ。ぜひドレスアップしてきてね。たまにはいいでしょう」

「なんと言っていいかわからないわ」ロビンは困惑したようにつぶやいた。

オリヴィアは笑った。「イエスと言えばいいのよ」

私は半分死んでいるようなものだ。トレーラーの中の乱れたベッドに身を投げ出しながら、ミーガンはそう思った。こんな生活はもうたくさんだ。スーパーマーケットで働き、キャンプ場にとめたおんぼろのトレーラーで寝泊まりするなんて。ジェイソンと娘と三人で暮らしていたころのほうがずっとましだった。ジェイソンは私を愛してくれなかったし、あのいまいましいプリンセス・オリヴィアを求めるように私を求めてはくれなかったが、親切にはしてくれた。彼なりのやり方で、私を気づかってくれた。ナタリーがジェイソンの子供でないのは本当に悲しい話だ。

あれから何年もたったのに、いまだに信じられない。オリヴィアと結婚する前日、私が身ごもった子供はあなたの子だという作り話をジェイソンが信じたなんて。彼にはひどいことをしたと本当に申し訳なく思うときもあるが、愉快でたまらなくて笑いころげてしまうこともある。もしカルロのところへ行っていたら、さっさと消え失せろと追い払われていただろう。あるいは、そんな子供は中絶しろと。

カルロ・デ・ルカは医者になると固く決意していた。出世と名声と金を求めていた彼が、哀れなミーガン・ダフィを助けてくれるはずもなかった。恋人のジェニファーが家族と旅行に出かけている間、欲望を満足させるために一度寝ただけの私のことなど。ジェイソンが大切に育てているナタリーは、カルロ・デ・ルカの車の中で妊娠した子なのだ。

ミーガンはそのときのことを思い出し、目をくるりと動かした。あのときは、望みもしない子供を妊娠したとは思ってもみなかった。私は赤ん坊の世話をするなんてごめんだった。なぜ私がそんな目にあわなくてはならないのだろう。しかも、子供は父親を求めて泣き叫び、私にはしかめっ面しか見せなかった。子供を欲しいと思わない女性もいるという現実を、なぜ人は理解しないのだろう?

とにかく、今の私は自分で自分の面倒をみなくてはならない。なんとかしてこの薄汚れたトレーラーから出ていかなくては。私はショーンの誕生パーティでの出来事をすべて目撃した。兄の友達のゴードンがジェイソンの酒に薬を入れたところも。彼らはすべてを手に入れているジェイソンを、ヒーローと崇(あが)めつつ同時に嫌悪していた。

だから、薬でふらふらになったジェイソンを見て彼らは大喜びだった。もっとも、強靭(きょうじん)な肉体を持った彼に薬が効くまでには長い時間がかかった。

しかし、私は待った。辛抱強く待った。十二歳のころから私はジェイソン・コーリーに夢中だったのだ。彼はとびきりハンサムで、やさしくて、頭がよくて、最高の男性だった。お金も仕事もない、愚かな兄とは正反対だった。ジェイソンはそんな兄のパーティに来てくれるほどやさしかったのだ。兄は内心喜んでいたくせに、ジェイソンをひどい目にあわせた。なにが起きるか知っていたのにとめようともしなかった。翌日には後悔していたけれど。

でも、もう手遅れだった！　翌日、ジェイソンが目を覚ましたとき、隣には裸の私が体を寄せていた。彼の隣に横たわるだけでも最高の気分だった。引き締まった彼の体は本当にすばらしかった。酔ったあげく私とベッドをともにしたとジェイソンに信じさせることに、私はなんのうしろめたさも感じなかった。ひどい二日酔いだったジェイソンは、最後にはその話を信じた。あまり知られてはいないが、私は信じられないほど演技がうまい。妊娠が明らかになったとき、私は選択の余地はないと自分に言い聞かせた。カルロ・デ・ルカは怒ってわめきちらすだろうと思った。恐ろしい彼の母親も私のことを罵(ののし)るに違いなかった。やさしいジェイソンをだますほうが簡単だった。彼は私がバージンだという話も信じたくらいだったから。

一週間前、ミーガンは偶然手にした新聞の一面に、知っている顔の写真が載っているのに気づいた。写真の下にはこう書かれていた。〝ハリー・リンフィールド死去。詳細は五ページへ〟ミーガンは死亡記事をじっくりと読んでから、そのページを引きちぎって家に持って帰った。そして今、彼女は再び薄いマットレスの下からそれを引っぱり出した。こんな生活はもううんざりだ！　ブルーシーはジェイソンとは似ても似つかない男だが、最初はうまくいっていた。それが今では喧嘩ばかりしている。

　まったく！　プリンセス・オリヴィアが伯父の遺産とあの広大な農園を相続したなんて。新聞にはコロニアル調の大きな屋敷の前に立つオリヴィアの写真も載っていた。黒く長い髪にダイヤモンドのような瞳をした彼女はとても美しかった。彼女はまさか私に憎まれているなんて思ってもいないだろう。彼女からジェイソンを奪うことができたのは大満足だった。私には欲しいものがなに一つ手に入らないというのに、なぜオリヴィアは裕福で美しく、幸せにならなくてはならないのだろう？　裕福な家に生まれただけで十分なのに、そのうえ私の憧れの男性まで手に入れるだなんて冗談じゃない。花嫁付添人を務めてほしいと頼んできた親切な友人を裏切っても、私はなんのうしろめたさも感じなかった。

　自分のおこないを後悔することもあるが、それはジェイソンに対してだけだ。結婚すれば彼はきっと自分を愛してくれるだろうと、私は信じていた。

　だが、そうはならなかった。そのかわり、ジェイソンはカルロ・デ・ルカとそっくりの瞳を持つナタリーをかわいがった。あの子を手元においておくためなら、彼はなんでもするだろう。そろそろジェイソンと彼のいとしいオリヴィアの前に姿を現すときがきたようだ。ジェイソンはハリー・リンフィールドのお気に入りだったから、きっとハリーから少しくらい遺産をもらったに違いない。

　ともかく、ハリーの死が私に大きなチャンスをくれた。ジェイソンがナタリーの親権を持ちつづけるというなら、彼は私にそれなりの代償を支払う必要がある。

多額のお金を！

かわいそうなジェイソン！　でも、彼のもとには
プリンセス・オリヴィアが戻ってきたのだ。

ドアを開けると、タリーと手をつないだオリヴィアの姿が目に入ってジェイソンは驚いた。

「パパ！」タリーが大喜びで腕に飛びこんできた。

「ちょうど迎えに行こうとしていたんだ、スイートハート。シャワーを浴びてからと思ってね」

タリーがジェイソンにしがみついた。「いいにおい。髪がまだ濡れてるわ」そして手を伸ばし、父親の赤褐色の髪を引っぱった。「リヴィが車で送ってくれたの。すごく楽しかった。リヴィに昔の写真を見せてもらったのよ。パパの写真も、パパとリヴィの写真も。とてもすてきだったわ」

「入るかい、オリヴィア？」ジェイソンはタリーを床に下ろして尋ねた。

「ちょっとだけ」パーティの夜以来、二人の間には気まずい空気が流れていた。「話があるの」

「そうなのかい？」オリヴィアを前にしてジェイソンも心穏やかではなかったが、なんとか冷静さを保って言った。「僕が屋敷に行くまで待てなかったのかい？　それとも、僕はもう立ち入り禁止かな？」

「そんな言い方はやめて、ジェイソン」オリヴィアは静かに言った。

オリヴィアを中に入れるためにジェイソンがわきによけると、タリーがテレビに向かって突進した。

「大好きな番組が始まる時間だわ！」

「タリー、パパはオリヴィアと話があるから自分の部屋で見なさい」

「わかったわ！」タリーはにっこり笑った。「帰るときは教えてね、リヴィ。お見送りするから」

「そうするわ」オリヴィアは答えた。

「それで、話というのは？」ジェイソンはタリーに

乱された髪に手を差し入れた。

「土曜日のパーティに来られるかどうか、きこうと思って」

オリヴィアは髪を下ろしていて、毛先がむき出しの肩の上で揺れていた。今日の彼女は花柄の白い生地のホルターネックのワンピースを身につけている。その姿はまるで百合(ゆり)のように端整で、ジェイソンの体は熱くなった。「人数合わせに僕が必要みたいだね」彼はそっけなく言った。

オリヴィアはかぶりを振った。「ご存じのとおり、私は人数合わせに困るほど友達には不自由してないわ。あなたは私を避けているみたいだけど、私はあなたの上司じゃなかったかしら」

「いや、違う」

「違わないわ」オリヴィアは瞳をぎらつかせた。

「わかってるさ」ふいにジェイソンは笑いだした。

「だが、僕はここを出ていこうかと思ってるんだ」

オリヴィアはショックを隠しきれなかった。「あなたがここにいてくれないと困るわ。それがハリーの願いだもの。それに、私にはあなたが必要なの」

「おや、それは知らなかったな」ジェイソンは皮肉たっぷりに応じた。「土曜日のパーティには服装の決まりはあるのかい？ それともジーンズでいいのかな？」

オリヴィアはジェイソンを見あげた。彼女の顔にはひどく無防備な色が浮かんでいた。「ねえ、ジェイソン、私たちやり直せないかしら？」

「君はそれを断固として拒否してきたと思ったが」

「その、試してみたくなったの」オリヴィアは大きく息を吸いこんだ。「ところで、ベン・ライリーにも声をかけたのよ。ロビンと気が合うんじゃないかと思って」彼女は説明した。

ジェイソンはサファイアのような瞳でオリヴィアを見つめた。「縁結びをしようというのかい？」

「ロビンは再婚したいんじゃないかと思うの。今度こそ、彼女と息子さんの面倒をみてくれるようなやさしい人と」

「それはいい！　賛成するよ。ところで、君は自分の望みどおりの男性を見つけられると思っているのかい？　きっと簡単ではないだろうな。君は理想が高いから」

「私が求めているのはあなたよ、ジェイソン」オリヴィアは喜びとつらさの入り混じった思いで言った。

ジェイソンはブルーの瞳をきらめかせた。「君がまだ僕を求めているなんて、うれしい限りだ」彼は嘲った。「それも、セックスのためだけに」

「そんなことないわ！」オリヴィアはいらだちをあらわにして彼を見た。「パーティに来るか来ないかだけ教えてもらえる？」

「もし行かなかったら怒るかい？」ジェイソンの中の悪魔が彼をけしかけていた。

「ええ」オリヴィアは冷たく答えた。

「なるほど。これは招待ではなく、高貴な命令というわけだ」

オリヴィアがぱっと振り返ると、短いスカートが大きく揺れた。「車に招待客のリストがあるわ。取りに来るなら差しあげてもいいけど」

「もちろん欲しいな」ジェイソンは甘い声で言った。「僕のためにはだれを招待してくれたんだい？」

オリヴィアはジェイソンに駆け寄って平手打ちしてやりたい衝動をこらえて言った。「私ではどうかしら？」

「いつからそんな気になったんだい？」

「たった一晩のことよ」

「なるほど」ジェイソンはもの憂げにほほえんだ。「それなら大丈夫だ。数時間なら、お互いおとなしくしていられるだろう。それで、タリーにはさよならを言うのかい？　それとも黙って帰るのかい？」

「ハリーだったら、こんな失礼なことに目をつぶらなかったと思うわ」オリヴィアはどうにか癇癪を抑えて答えた。

「ハリーは君とは違う。これだから女性の上司は困るんだ」

「少なくとも、私はあなたをくびにしてはいないわ」オリヴィアは鋭く言った。「土曜日のことだけど、タリーはハヴィラーの二階で眠らせておけばいいんじゃないかしら。いくらレナータでも、タリーを一晩預かるのは大変でしょう」

「なぜそんなことを言うんだい？　あの子のことならよくわかっている。僕の娘だからね」ジェイソンは家に向かって叫んだ。「タリー、オリヴィアが帰るぞ。タリー！」

9

十人全員がダイニングルームの席についた。天気予報のとおり、美しく晴れた夏の夜だった。オリヴィアはダイニングルームを使うか、庭を見おろせるテラスにテーブルをセットするか迷ったが、結局前者を選んだ。

「うっとりしてしまうわ」カルロの婚約者のリアンは室内を見まわし、感嘆したようにつぶやいた。これほどすばらしい屋敷を、リアンは今まで見たことがなかった。天井の高い部屋の壁は淡いブルーで、真っ白い縁取りがほどこされている。優雅な漆喰仕上げの天井には金箔が張られ、キャビネットの上には豪華な額におさめられた絵画や一目でアンティークとわかる丸い鏡がかかっていた。

テーブルの真上の天井には、これもアンティークだろうか、クリスタルのシャンデリアが燦然と輝いている。白や黄色の蘭と薔薇を生けた細いクリスタルの花瓶が二つ、テーブルセンターの上に置かれ、純銀らしい燭台には金色の蝋燭の炎が揺れてなんとも優雅な雰囲気をかもし出していた。クリーム色のクロスとお揃いのナプキンは使うのがもったいないほど美しい。興奮してワインをこぼしてしまわないかと不安になるほどだ。

リアンはすべてに魅了され、こんなすばらしい屋敷に招待してもらえたことに感激していた。このパーティのことは一生忘れないと、彼女は思った。

オリヴィアは女主人役として細長いテーブルの一番端の席についた。向かいはジェイソンにしたかったが、そういうわけにもいかないのでベン・ライリーに座ってもらった。ベンは四十代初めのとても魅力的な男性だ。背が高くて体格がよく、豊かな茶色の髪と知的な黒い瞳をしている。ベンの亡き父親も農園を営んでいて、ハリーの親友だった。ベンは父親の広大な農園を受け継いだが、やがて悲劇が彼を襲った。結婚して二年後、まだ若い妻のヴィクトリアが健康診断でひどく症例の少ない癌にかかっていることがわかり、あっけなく亡くなってしまったのだ。両家の家族の悲しみははかり知れないものだった。

あれから十二年ほどたつが、ベンは今も独身を通している。愛する妻を忘れることができないのだろう。その気持ちは理解できるが、ベンのような男性なら女性を幸せにできるし、彼自身も幸せになる権利がある。ベンとロビンがお互いを気に入ってくれればいいと、オリヴィアは心から思っていた。

ロビンはシンプルな黒のミニドレスに身を包んで

いて、それは日に焼けた美しい肌と抜群のスタイルをいっそう引き立てていた。ふだんとは違い、今夜の彼女はパーティらしい華やかなメークをほどこしている。たっぷりとしたマスカラが黒い瞳を際立たせ、ブロンドの短い髪はジェルで洗練されたスタイルに整えられていた。強引に二人を引き合わせようとしていると思われたくなかったので、ロビンにはベンの隣ではないが、それほど遠くない席に座ってもらった。

オリヴィアとロビンは午後中ずっと、パーティの準備で大忙しだった。オリヴィアはテーブルのセットと花の飾り付けを担当した。彼女はハリーと同様花が大好きだった。

ロビンは料理に集中した。今日は客としてパーティにも参加するので、アシスタントたちの手を借りてできる限り料理の準備を整えておかなくてはならなかった。

前菜は胡瓜（きゅうり）のサラダを添えた殻付きの牡蠣（かき）を選んだ。牡蠣が苦手な客がいたときのために、フェットチーネを添えた帆立のソテーも用意した。地元の魚介類は最高のものばかりなので、メインも魚にした。じっくりと焼いた肺魚に蟹（かに）のクリームソースをかけ、アスパラガスを添えたものだ。

デザートは二種類用意した。新鮮なベリーとクリームを添えた小さなレモンタルトか、ハヴィラーの農園でとれた熱帯のフルーツを煮つめたソースをかけたマスカルポーネチーズ。オリヴィアは味見をしたが、いずれもすばらしい出来映えだった。ワインはハヴィラーのワインセラーから選んだ。ハリーは大のワイン好きだったので、最高級のワインが適温で保管されている。

リアンとロビン以外の客たちはそれぞれ顔なじみだった。ほとんどが小学校からの幼なじみで、ルーシーとタマラはオリヴィアの花嫁付添人を務めることになっていた。だが、二人とも友人であるオリヴィアを傷つけたジェイソンになんの恨みも抱いていないようだった。ジェイソンはすっかりみんなに許されているらしい。実際、まだ独身のキャンディスなどは隙を見つけてはうれしそうに彼と話していた。

　ジェイソンはたちまちパーティの中心となり、みんなを笑わせ、会話をリードした。オリヴィアは彼を見つめ、思いをめぐらした。長い間離れていても、私とジェイソンの絆は壊れなかった。私は彼を愛しているし、これまでも彼だけを愛してきた。だが、失った年月を思うと心が沈んだ。

　ジェイソンははっとするほど魅力的だった。ハンサムで、生気に満ちていて、濃いブルーの瞳と赤褐色の髪には思わず目を奪われてしまう。イタリア人の血を引く者らしく、服装もすてきだ。クリーム色の麻のジャケットは上質なもので、同じ色のズボンに濃いブルーのオープンネックシャツを合わせていた。日々の野外の仕事のせいで、体はスポーツマンのように引き締まっている。

　ジェイソン！　オリヴィアはひそかにうめいた。私を苦しめ、同時に欲望を抱かせる男性！

　その彼は今、牧場のバーベキューに乱入してきた巨大な鰐についておもしろおかしく語っていた。

　ベンがリラックスしたようすでパーティを楽しんでいるのを見て、オリヴィアはうれしくなった。彼は何度もロビンの方を見て、自分がおもしろいと思った話に彼女がどう反応しているか確かめている。ユーモアのセンスが同じかどうかはとても重要だ。

　テーブルに笑い声が響き、今夜のパーティは大成功だとオリヴィアは思った。

　それに料理もすばらしかった。〝この牡蠣は最高だな！〟〝この肺魚ときたら、なんておいしいのかしら！〟そんな言葉が飛び交った。ワイングラスが次々にからになり、すぐに新しいワインがそそがれた。ディナーはカルロとリアンの婚約を祝う乾杯で始まった。

二人が愛し合っているのはだれの目にも明らかだった。昔は気まぐれだったカルロもすっかり落ち着き、若い医師としての経験談を熱っぽく語っている。タリーが自分の子だとわかったら、彼はどうするだろう？　オリヴィアは大きく息を吸いこんだ。カルロを愛しているリアンがこの話を聞いたら、いったいどうなるだろうか？　タリーがカルロの子供かもしれないと気づいていたら、私だって彼らをディナーに招待などしなかった。

カルロはまさか自分に小さな娘がいるとは夢にも思っていないだろう。ミーガンは本当に残酷で、節操のない女性だ。きっとカルロよりジェイソンのほうが自分を大事にしてくれると思ったに違いない。それに、カルロにはタリーの父親としての権利があるなどとは考えもしなかったのだろう。自分が子供を欲しくないから、カルロも同じだと決めつけたに違いない。今、カルロとリアンは早く子供が欲しいと話しているというのに。

「少なくとも四人は欲しいわ！」リアンはそう宣言し、カルロが笑顔を向けると真っ赤になった。

だが、カルロにはもう子供がいるのだ。

一同はコーヒーとお酒を飲むため、裏庭を見おろせるテラスに移動した。オリヴィアはロマンチックな音楽を低い音量で流してから、タリーのようすを見るために二階に上がった。少女は両手を頬の下に入れてすやすやと眠っていた。本当にかわいらしい寝顔だ。ふっくらした顔は少し上気していて、長いまつげが頬に影を落としている。

オリヴィアの視界が涙で曇った。タリーがカルロの娘ではないかという疑惑が重くのしかかってくる。今やオリヴィアにはそれが事実だとわかっていた。秘密をかかえている人はたくさんいるだろうが、どんなに長い時間がかかろうと、深く埋められた秘密が明らかにされる日が必ずやってくるのだ。

しかし、タリーはジェイソンを愛している。彼らの関係を脅かすことなど言えるはずがない。それとも、善意から出たおこないであれば罪にならないだろうか？　もしカルロがタリーの親権を求めた場合、彼に娘を養育する能力があると認められれば、ジェイソンに勝ち目はない。

いくら考えても堂々めぐりだ。カルロはタリーの父親で、サルヴァトーレとベラは彼女の祖父母だ。彼らには事実を知る権利があるのではないだろうか？　だが、私にそんなことを判断する力はない。

オリヴィアは明かりを小さくして静かにドアを閉めた。そのあとテラスに戻ると、ジェイソンが目を合わせてきた。オリヴィアはタリーのことは心配ないというようにうなずいた。二人ともタリーが二階で寝ているとは口にしなかった。だれもがミーガンのことを考えていただろうが、だれも彼女の名前を出さなかった。

ミーガン・ダフィのふるまいは常軌を逸していたと、だれもが思っていた。ルーシーは彼女のことを昔から嫌っていて、何度もオリヴィアに言ったものだった。私の忠告を聞いていれば、あんなにひどいことは起こらなかったのにと。

だが、そのひどいことが思わぬ宝物をもたらした。とても無邪気でかわいらしい、タリーという存在を。オリヴィアは深い混乱に陥っていた。この秘密は自分の胸だけにおさめておかなくてはならない。それがなによりもつらかった。せめてハリーに打ち明けられたら。彼はいつでも知恵を貸してくれた。だが、あのハリーでさえ、この状況にはきっと頭をかかえたことだろう。

運命は定められている。それは間違いない。今夜、運命はひっそりとテーブルについていたが、パーティが終わる直前についにその姿を現した。一同は玄関ホールで口々に別れの挨拶を交わしていた。そこへ突然、タリーが叫びながら階段を駆けおりてきてジェイソンに飛びついたのだ。

「どうしたんだ、スイートハート?」彼は心配そうに尋ねた。

タリーはジェイソンの肩に顔を押しつけた。「怖い夢を見たの、パパ」

「ほら、もう大丈夫だよ。パパがいるんだから」ジェイソンはタリーの巻き毛にやさしく手を差し入れ、友人たちの方に向き直った。「娘のナタリーだ。みんなタリーと呼んでいる。ご挨拶しなさい、タリー。できるかい?」

タリーは小さく喉を鳴らしてから顔を上げた。

「こんばんは、みなさん!」そして、だれもが心を奪われるような笑みを浮かべた。

「こんばんは、タリー」ルーシーはタリーの手を取ってキスをした。「お会いできてうれしいわ」

突然現れたタリーを囲んでちょっとした騒ぎになった。

オリヴィアとカルロだけが少し離れた場所に立っていた。

そして、彼女の立っている場所からでさえ、カルロが息をのむのがわかった。

カルロは気づいたのだ。そう思うとオリヴィアの鼓動が速くなり、首のうしろがぞくりとした。ああ、もうすぐ大変な事態が起きてしまう。

「カルロ?」リアンが笑顔で言った。「さあ、タリーに挨拶して」

カルロは根が生えたようにその場に立ち尽くしていた。

彼が感情を爆発させるのではないかと思い、オリヴィアは身構えた。だが、彼は落ち着きを取り戻し、みんなの輪に入っていった。「やあ、タリー。帰る前に君に会えてよかったよ」カルロは言い、タリーの頬に触れた。

「こんばんは、ミスター・カルロ」タリーはにっこり笑い、カルロの手を握った。

「こんばんは、ナタリー」カルロはタリーの手を握ったまま放さず、彼女をじっと見つめていた。「君はなんてかわいいんだろう！」混乱に陥っていたカルロの頭に、ふいに明かりがぱっと灯った。この子には見覚えがある。この顔、このしぐさ、この笑顔。妹のジーナが小さかったころにそっくりだ。

　自分がそう思うのだから、ほかの人が思わないはずがない。

　リアンは勘が鋭い。だが、まだなにも気づいていないらしく、やさしい笑みを浮かべている。

　ジェイソンもタリーに腕をまわしたままだ。ハンサムで男らしく、やさしいジェイソン。カルロはすばやく周囲を見まわしたが、困惑している人も、疑わしげな表情を浮かべている人もいない。だれもがタリーはジェイソンの娘だと信じている。彼とミーガン・ダフィの子供だと。ずる賢い彼女はかつて、自分はバージンだったと言ってこのあたりの人々をだました。彼女はダフィ家でも最悪の人物だった。

　美しいオリヴィアはみんなのうしろに立っていた。その顔は彫像のように無表情だったが、瞳には動揺の色が浮かんでいた。彼女は時限爆弾が爆発するのを待っているのだ。

　オリヴィアは知っている。カルロはなぜかそう確信した。彼女は賢い女性だから、この秘密を見抜いている。自分がだまされたと知り、どれほど腹を立てただろう。だが、彼女は悲しげに、そして心配そうにこちらを見ていた。ジェイソンとタリーのことを思いやっているのだろう。そして、たぶん僕のことも。オリヴィアは亡くなった彼女の伯父と同様、心のやさしい女性だ。そのせいでこれまで大変な苦労をしてきた。

ふいにリアンの声が聞こえ、カルロは我に返った。「カルロ、もう行きましょう」リアンは再びほほえみ、彼の肩に手を置いた。「こちらの小さなレディをそろそろやすませてあげないと」

だが、タリーはカルロに注意を引かれたらしく、まだなにか言いたそうにしていた。「また会えるかしら、ミスター・カルロ？」彼女は懇願するように尋ねた。

「お父さんにきいてみたらどうだい？」カルロはジェイソンの目をじっと見つめたが、彼がなにも気づいていないのは明らかだった。

「あなたがパパにきいて」タリーが即座に言った。

「いったいどうなってるんだ？」ジェイソンは笑った。「うちの娘は君が気に入ったようだよ、カルロ」

「そうみたいだな」カルロはつぶやき、オリヴィアの方に視線を向けた。

僕とタリーの間に一瞬にして築かれた信頼関係がなにを意味するか、オリヴィアは知っている。

「パーティは大成功だったな」ジェイソンは大きなあくびをしているタリーを二階に運びながら言った。「カルロがタリーにとてもやさしいから驚いたよ。昔のカルロは子供になんてまったく興味がなかったのに。彼はきっといい父親になるな」

オリヴィアは慎重に息を吸いこんだ。「そうね」

ジェイソンはタリーをベッドに寝かせ、こめかみに軽くキスをした。「タリーは母親の夢を見たと言っていた。悪い夢にされてしまうんだから悲しいものだな」

「ミーガンはタリーになにをしたの？」廊下に出ると、オリヴィアは尋ねた。

ジェイソンは顔をしかめた。「今はミーガンの話はしたくない。今夜は本当に楽しかった。みんなとつもる話ができたからね」ジェイソンはオリヴィアの方をちらりと見て、すぐに彼女の表情に気づいたようだった。「どうしたんだい？」

「なんでもないわ」オリヴィアは静かな廊下を歩きつづけた。

「お決まりの答えだな。なにか問題があるんだろう。君のことならよくわかっているんだ」

「なにかよくないことが起きるんじゃないかと、いつも心配で仕方がないの」彼女は小声で認めた。

ジェイソンは一瞬黙りこんでから言った。「僕たちにとって最悪の事態はもう起きてしまっただろう、リヴ？」

「ミーガンのこと？」

「今度は僕が心配になるよ。ミーガンの話はしたくないんだ。彼女には本当にひどい目にあわされた」

「あなたの中でもミーガンのことは終わっていないみたいね」オリヴィアの体に震えが走った。

「言っただろう。ミーガンはタリーなんかどうでもいいんだ。彼女は自分にしか興味がない」

オリヴィアはかぶりを振った。「そんな単純な話ではないと思うわ。ミーガンは問題を起こすことしか考えていない。あなたがハヴィラーに戻ったと知ったら、彼女はどうすると思う？」オリヴィアはジェイソンの彫りの深い横顔を見つめた。「彼女はかつて私たちの仲を引き裂いたのよ」

「失ったものをいつまでも嘆いていても仕方がないよ、リヴ」ジェイソンはやさしく言った。「ミーガンにはなにもできない。タリーを僕から奪うこともできないし、そうしようとも思わないだろう」

「あなたにとってなによりも大切なのはタリーでしょう？」オリヴィアは少し悲しげに尋ねた。

「それはどういう質問だい、リヴ？　タリーは僕の娘なんだ。僕がかつて君を愛していたよりもタリーを愛していると言いたいのかい？」

「あなたは私のことを愛している？」オリヴィアは少し暗い声で尋ねた。

ジェイソンはオリヴィアの肩に手を置き、彼女を自分の方に向かせた。「もちろん君を愛しているよ。あまりにも深く愛しすぎて、自分を抑えきれなくなることもあるくらいだ。君を失ったときは、この世が終わったような気がしたよ」

「それで、今は？」

ジェイソンはオリヴィアの美しい瞳を見つめた。その奥には悲しみと混乱、さらに恐れのようなものが浮かんでいた。「君は過去を忘れられず、人を信じられなくなってしまったんだね、リヴ。今夜なにかあったんだろう。君がなにを恐れているのか、話してもらえないかな？」

「ただ私を抱き締めていて」オリヴィアは懇願した。

ジェイソンはむせるような声で笑った。「僕をいじめて楽しんでるのかい、リヴ？　ただ君を抱き締めているなんて無理だ。僕は君を強く求めている。それなのに、廊下でただ君を抱き締めているなんて耐えられない。裸になり、ベッドで愛し合いたい。君と愛し合うのがどんなにすばらしいか、僕はいっときも忘れたことはなかった」

オリヴィアはここで泣いてしまってもよかったし、叫び声をあげてもよかった。だが、自分がなにを恐れているか口にすることだけはできなかった。だからいつものように悲しみに逃げこんだ。「だったら、なぜあなたはあんなことをしたの？」

その言葉を発した瞬間、ジェイソンを失ったのがわかった。彼はすばやくオリヴィアから離れ、飛ぶように階段を下りていった。

「ジェイソン、お願い」

「そんな言葉にはもうだまされない」ジェイソンは肩ごしにどなった。「君はいつでも昔のことを持ち出してばかりだ」

「行かないで」オリヴィアも階段を駆けおりた。

「タリーと二人きりになってしまうわ」

「怖くなんかないだろう？」振り向くとオリヴィアが思ったよりもすぐ近くにいたので、ジェイソンははっとした。彼女の黒髪が青ざめた顔のまわりで揺れている。瞳は宝石のように輝き、ふっくらとした唇だけが唯一赤みをおびていた。「なぜ君は僕にここにいてほしいんだい？」ジェイソンはオリヴィアの不安げな顔を見おろした。

「それは……それは……」彼女の目にみるみる涙がたまり、ジェイソンの中に熱い欲望がわき起こった。

「言うんだ」彼は命じた。「早く言うんだ、リヴ！」

「それは、あなたを求めているからよ」オリヴィアの声は震えていた。「ジェイソン、あなたを。ほかのだれでもなく」

「君を愛させてくれるかい？」ジェイソンの口から出た言葉は彼自身が思った以上に荒々しく響いた。

オリヴィアは頬を赤く染めた。「タリーが起きてこないなら」

「それに、僕は四時に起きて家に帰らなくてはならない」ジェイソンは硬い笑みを浮かべた。「ものすごく忙しいからね」

彼の態度がひどく傲慢(ごうまん)に思え、オリヴィアは怒りを覚えた。「だったら勝手に帰ればいいわ。あなたが出ていったらすぐに鍵(かぎ)をかけるから」

ジェイソンはからかうように眉を上げた。「君は僕を誘ったばかりじゃないか、オリヴィア。それをお受けするよ。もうゲームは終わりだ」

オリヴィアはさっさと帰ってと言わんばかりに玄関に向かって大股で歩きはじめた。「タリーと私のことならご心配なく。この屋敷にはすばらしい防犯装置が取りつけられているから」

「それに、君はその鋭い目で見張っているし、この前みたいに噛みつくこともある。このぶんでは、叫び声をあげて僕を蹴りつづける君を二階まで運ばなくてはならないな」

「私が叫ぶのを本当に聞きたい?」

「なんとしてもね」ジェイソンはにやりと笑った。

「愛し合うときに君があげる小さな叫び声を」

ふいにエロチックな空気が流れ、オリヴィアの自制心が崩れ去った。

ジェイソンはすかさず彼女を抱き寄せ、腕を伸ばして屋外のすべての照明と頭上のシャンデリアの明かりを消した。

「君は本当に腹の立つ女性だ」彼はオリヴィアの顔をじっと見おろして言った。

「そうね」

ジェイソンはオリヴィアに腕をまわしたまま、玄関の鍵をかけた。「これでもう二人きりだ」そして、彼女に燃えるようなまなざしを向けた。

「ええ、わかってるわ」

「タリーがいるが、子供は眠りが深い」

オリヴィアはジェイソンのシャツのボタンをはずし、あらわになった彼の胸に手をすべらせた。

「もう逃げられないよ、リヴ」ジェイソンは高まる感情に声を震わせて言った。

「逃げたくなんかないわ」オリヴィアは片手でジェイソンのシャツの前をつかみ、彼の体をさらに自分の方へ引き寄せた。

サファイアのような、そして、青い海のようなジェイソンの瞳がオリヴィアの血を熱くした。「君は僕のものだ。今までも、これからもずっと」

彼は軽々とオリヴィアを抱きあげ、月明かりに照らされた階段を上がって彼女の寝室へと向かった。

10

二人は失った時間を取り戻そうと、明け方近くまで一睡もせずに愛し合った。二人の情熱は完全に解き放たれ、自制心も慎みも入りこむ余地はなかった。

ジェイソンは最高の恋人だった。オリヴィアの体はこれまで感じたことのない喜びとともに彼を迎え入れた。激しい興奮はオリヴィアが長年抱いていたむなしさを消し去り、理性を失わせ、彼女を輝く愛の海へと漂わせた。

ジェイソンが一気に体を重ね、リズミカルに動きだすと、オリヴィアは言葉には言い尽くせないほどの喜びを覚えた。ふいに体が震え、次の瞬間、彼女は高みへとのぼりつめた。きつく閉じた目の裏で星が輝き、体の奥には繰り返し快感の波が押し寄せていた。

けだるい満足感に包まれ、二人は抱き合ったまま横たわっていた。

「君のおかげでくたくただよ。あまりにも要求が多すぎてね」ジェイソンは笑い、体を横に向けてオリヴィアの唇にキスをした。

「もうおしまいなの？」彼女はからかった。

「それはどうかな」

二人で一緒にシャワーを浴びてから、夜明けとともにジェイソンは出ていった。そのあとオリヴィアは疲れきって眠りに落ちたが、七時になるとぱっと目を覚ました。タリーがいるんだわ。素肌の上にサテンのローブをしっかり巻きつけ、彼女はタリーのようすを見に行った。

タリーはまるくなってぐっすり眠っていた。このぶんではあと一時間は寝ているだろう。ジェイソンはいくつか仕事を片づけてから、昼にはまた戻ってくると言っていた。三人でピクニックでもしようかしら。オリヴィアはそう思った。きっとタリーは喜ぶわ。パーティの料理もまだたっぷり残っているし。オリヴィアは再びベッドに横になりたい気分を抑えこんだ。長い年月がたってから再びジェイソンと愛し合えたのが幸せすぎて、頭がぼうっとしていた。彼女は部屋に戻って着替え、はずむ心をかかえてコーヒーをいれるために一階のキッチンに向かった。

ジェイソンが家に戻ると、消したはずのポーチの明かりがついていた。

彼は車をとめ、ベランダに上がって玄関のドアに鍵(かぎ)を差しこんだ。そのときふと、留守の間にだれかがこの家に入ったのだと確信した。もしかしたら、まだ中にいるかもしれない。だが、怖くはなかった。頭のおかしい男に銃口を突きつけられでもしない限り、どうにか対処できるだろう。

「だれかいるのか?」ジェイソンは険しい声で叫んだ。「いるならさっさと出てこい」彼はキッチンで足をとめ、フライパンを手に取った。「出てくるんだ」もう一度どなると、廊下に人影が現れた。

やつれ果てた小柄な女性だった。ブロンドに染めた短い髪はさまざまな方向に突き出し、ジェイソンのTシャツを着て脚をむき出しにした格好でそこに立っている。

「こんにちは、ジェイソン」彼女は言った。

「ミーガン!」変わり果てた彼女の姿に驚き、ジェイソンは叫んだ。

「それで私の頭を殴るつもりなの?」ミーガンは小さな顔に挑むような笑みを浮かべた。

「ここでなにをしているんだ?」ジェイソンはフラ

イパンを置いて言った。「どうやって中に入った？」

　ミーガンはわざとらしく目をくるりと動かした。「鍵くらい簡単に開けられるけど、そんな必要もなかったわ。裏の窓が少し開いてたから。ナタリーのベッドで少し寝かせてもらったわよ。あなたがあの寝室をあんなにきれいにしたの？」

「僕はここでなにをしているのかときいてるんだ」

「それで、ゆうべはどこにいたの？」ミーガンはジェイソンの言葉を無視して言った。「子供をあの年寄りに預けておいて、いとしいオリヴィアと楽しんでいたというわけ？　もちろんそうよね。彼女が戻ってきたことは知ってるわ。ハリー・リンフィールドが死んだんでしょう？　あなたがハヴィラーで働いているのも知ってるわよ。ずいぶんうまくやったじゃないの」

「どれも君には関係のない話だ」ジェイソンは冷たく言い放った。「僕たちは離婚したんだから」

「ナタリーはまだ私の子供よ」

　ジェイソンは目をぎらつかせた。「君はあの子がじゃまだったんだろう？」

　ミーガンは居間に入っていき、肘掛け椅子の上でまるくなった。まるで誘惑するかのように片方の肩をむき出しにして。「気が変わったの。あなたと再婚しようかしら？　それとも子供を返してもらおうかしら？」

　ジェイソンはうんざりしたように言った。「金をせびりにでも来たのか？　僕は金なんて持っていないぞ、ミーガン」

「いとしいオリヴィアが持っているじゃないの。ハリー・リンフィールドは大金持ちだったわ」

「彼女が君に金を渡すはずがないだろう。もちろん僕にだって。オリヴィアは今でも僕に裏切られたと思っているんだ」

「そのとおりじゃないの、ダーリン」

「僕はあまりにも間抜けだったよ。あれは嘘だったんだろう?」ジェイソンは彼女をじっと見つめた。

「嘘なんかじゃないわ」ミーガンは体を起こし、すばやく反論した。「忘れたの? 私はバージンだったのよ。ナタリーは間違いなくあなたの子供よ」そして、再び誘惑するような姿勢をとった。「それより、あなたはますますセクシーになったわね!」

「君は違うね」ジェイソンはそっけなく言った。

「僕を誘惑しようとしても時間のむだだよ」

「残念だわ!」ミーガンは肩をすくめた。「たいていはうまくいくんだけど。とにかく、私はあなたから子供をとりあげるつもりはないわ。私たちは問題を解決できるはずだもの」

「どうやって?」DNA鑑定のことがふいに頭に浮かんだ。いや、タリーが僕の子供でないはずはない。ジェイソンはそんな恐ろしい可能性を必死に打ち消そうとした。

「あの子ともう一度会いたいの」母親らしい口ぶりを装っていたが、ミーガンの目は冷たかった。「きっとどうしようもない子供に育っているんでしょうけれど」

「元気がいいだけだ。あの子は母親のひどい仕打ちから必死に身を守ろうとしていたんだ。君にはタリーに対する愛情がないのかい?」ジェイソンは尋ねた。「君は人生でなにを学んできたんだ?」

「結局自分の力でやっていくしかないということを学んだわ。私が愛しているのは自分だけ。男はみんなろくでなしよ。不思議なことに、あなたは例外だけど。あなたのことはまだ愛していると思うわ。どうしてかしら?」

「君は僕を愛してなどいないし、僕のことをわかってもいない。困っているなら金を少しくれてやる。だが、それだけだ。ここから出ていってくれ。タリーを怖がらせないでほしいんだ」

「私はあの子の母親なのよ」ミーガンは当てつけがましく言った。「あの子にもあなたにも、まだ用があるの！　私は少しまともな生活をしたいのよ。最後の男は私を売春婦のように扱ったわ。ねえ、二十五万ドルくらいでどうかしら？」

ジェイソンは辛辣な笑い声をあげた。「二十五万ドルで出ていってやるというわけか？　その金はいつまでもつんだい？　使いきったらどうする？」

ミーガンはすばやく立ちあがった。「それ以上は頼まないわ。ゴールドコーストのカジノで働こうと思ってるの。あのあたりは豊かだから、ハンサムなお金持ちの男が見つかるかもしれないわ」

「そうしたいなら、髪をもとの色に戻して、少し体重を増やすんだな。君もそろそろ自分を大切にしたほうがいい。危険な状況に身をおくのはもうやめろ。両親とは連絡をとっているのかい？」

「どうして私がそんなことをしなくてはならないの？　あの人たちは私のことなど心配してないわ。昔からずっとね。もしかしたらママは少しだけ心配してるかもしれないけど、パパの前ではなにもできないもの。私がどんなにパパを憎んでいるか。それに、ショーンも」

「君の育った環境には同情するが、自分の行動には責任を持つべきだ。君には娘もいたし、僕だって君を支えようとしていたのに」

ミーガンはばかばかしいとでも言いたげに手を振った。「努力は認めるけど、あなたは私を愛することはできなかった」彼女は握った手を目に押し当てた。「なぜ私を愛せなかったの？」

「僕はオリヴィアを愛していた。昔も、今もね」

「またオリヴィアなの！　もうたくさんよ」

「君は彼女を憎んでいたのかい？」

「彼女はだれからも好かれていたわね。そして、私はだれからも嫌われていた」

「それで、君はなにをしたんだ？」ジェイソンはミーガンに近づき、彼女を見おろした。

「どういう意味？」ミーガンは彼から逃れようと肘掛け椅子に体を押しつけた。

「あの晩の出来事は君が仕組んだのか？」

「ばかばかしい！」ミーガンは鼻を鳴らした。「あなたは私を抱いたのよ。そして、事がすんだら犬みたいに眠ってしまった」

「まるで意識を失ったみたいにね」

ジェイソンは奇妙な表情でミーガンを見つめていた。「私はなにも仕組んでなどいないわ。ねえ、私はふつうの暮らしがしたいから、あなたに助けを求めているだけよ。もし助けてくれないなら……」ミーガンは少し間をおいてから、脅しの言葉を口にした。「あなたからナタリーをとりあげてやるわ」

電話が鳴ったとき、オリヴィアは受話器を取るのをためらった。カルロ・デ・ルカからではないかと思って怖くなったからだ。ジェイソンと愛し合ったことで少しの間忘れていた不安が、一瞬にしてよみがえってきた。オリヴィアはついに電話を取った。

すると、予想どおりカルロのせっぱつまった声が聞こえた。

「話があるんだ、オリヴィア。リアンがあとで君にゆうべのお礼の電話をするだろうが、これは別の話だ。つらい話だというのはわかってる。君にはなんの罪もないが、君は事実を知っているんだろう？」

そこには明らかに非難の響きがあった。オリヴィアは固く目を閉じた。「いったいなんの話をしているの、カルロ？」

「ナタリーのことだよ。あの子は僕の妹のジーナの小さいころにそっくりだ。どういう意味かわかるだろう？　あの子は僕の娘なんだよ」

永遠とも思える時間、オリヴィアはなんと言えばいいかわからず黙っていた。

「私にどう言ってほしいの？」彼女はついに尋ねた。「もちろん、タリーが似ているのには気づいていたわ。ジーナというよりあなたにね。私はとにかく驚いたとしか言えないわ」

カルロは声を張りあげた。「僕のほうこそどんなに驚いたか」

「残念だわ、カルロ。本当になんと言っていいかわからない。私たちみんなが哀れだわ。でも、これだけはわかってあげて。ジェイソンはタリーを自分の娘だと信じているし、あの子を愛している。タリーをとりあげたら、彼は死んでしまうわ」

「オリヴィア、あの子は僕の子なんだ。どういうことかわかるだろう？　僕の両親は彼女の祖父母になる。ジーナは彼女の叔母だ。母がナタリーを見たら、きっとひどく驚いて、それから激怒するだろう。君やジェイソンではなく、嘘つきのミーガンに！」

オリヴィアはすばやく周囲に視線を走らせ、タリーがまだ二階でビデオを見ていることを確認した。

「なぜミーガンはあんなことをしたんだろう？」カルロはうなるように尋ねた。

「知らなかったのかもしれないわ」オリヴィアは声を落として言った。

「そんなはずはないんだ、オリヴィア！　確かに僕はミーガンと寝たことがある。たった一度だけ。だが、これだけは保証する。彼女はか弱いバージンなんかではなかった」

「まさか」オリヴィアはいつのまにかミーガンの弁護にまわっていた。「彼女は妊娠したのよ」

カルロはひどく腹立たしげに言った。「いいかい、彼女はピルをのんでいると僕に言ったんだ。僕も避妊具を持っていたがね。なぜ覚えているかというと、彼女が子供は絶対に欲しくないと言ったからだ。だが、とにかく避妊はうまくいかなかった。その理由はミーガンが知っているはずだ。ピルをのみ忘れたのか、おなかでも壊していてピルがきかなかったのか」

「それで、私にどうしろというの、カルロ?」

カルロはためらわなかった。「全員で話し合う必要がある。僕は娘に会ってしまった。そういう運命だったんだ。もう知らなかったではすまされない」

「それで?」オリヴィアはそう尋ねつつ、これからのことを考えて恐ろしくなった。「ここにみんなを集めればいいの?」

「僕の家以外ならどこでもいい。両親はきっとショックで正気を失ってしまうだろう。両親とリアンには、僕から冷静に説明しなくてはならない」

「すでに義理の娘がいたとわかったら、リアンはどんな反応を示すかしら?」

一瞬の間があってから、カルロは言った。「喜びはしないだろうな。でも、だれも、リアンでさえも僕をとめられない。彼女もナタリーをかわいいと思ったみたいだし」

「それはジェイソンの娘としてでしょう」オリヴィアは皮肉をこめて言った。「タリーは自分の娘だと信じているジェイソンはどうなるの? 彼はタリーを七年近くも大事に育ててきたのよ。それでもあの子を手放せというの? タリーのことは? あの子は父親を愛している。あなたはそういうことをすべてきちんと考えたの?」

「あの子の父親は僕だ」その事実が一番重要だとばかりに、カルロは答えた。「君が今言ったことはすべて考えたよ。だが、さっきも言ったように、もうあとには引けない。ナタリーは僕の娘、血を分けた子供だ。今回の件では、できるだけみんなが苦しまないように事実を明らかにしなくてはならないと思っている。ジェイソンの気持ちを踏みにじるつもりもない。それにしても、彼のように賢い男がどうしてミーガンの言いなりになったのかわからないよ」

「彼女がジェイソンをだましたということ？」オリヴィアはぎくりとして尋ねた。

「もちろんだ」カルロはきっぱりと答えた。

「ジェイソンは少なくとも一度はミーガンとベッドをともにしたはずよ」オリヴィアは弱々しく言った。

カルロは低い声で罵りの言葉をつぶやいた。「あのときシドニーでなくここにいたら、ジェイソンに言ってやれたのに。ミーガンは嘘つきで、ずる賢い女だと。想像だが、彼女がジェイソンと寝たというのも嘘だと僕は思う。ジェイソンは酔っていたという噂だけど、彼が酔ったところなんて見たことがない。ジェイソンはみんなのヒーローだった。きっと罠にはめられたんだ。ショーンのパーティに行ったんだろう？　ミーガンのしわざに違いない。彼女ならやりかねないさ」

オリヴィアは信じられない思いで頭を振った。

「もしそれが本当なら、ミーガンはなんてひどいことを。あなたには真実を隠し、ジェイソンには嘘をつき、私たちの将来をめちゃくちゃにした。あなたはミーガンがあなたの子を妊娠したと知ったら彼女と結婚していた、カルロ？」

カルロは正直に答えた。「いや。でも、僕や僕の家族はミーガンを助けたと思う。なんらかの手だてを見つけて。僕の母は自分の孫を見捨てるようなまねはしない。それに、僕だってそうさ。だから今もなんとか方法を見つけようと言っているんだ」

「それで、ミーガンのことは？　彼女がまた問題を起こすとは思わない？　私はなんだかいやな予感がするの。彼女が再び現れたらどうするの？　またなにか企んでいたら？　彼女は正真正銘、タリーの母親よ。タリーがいくらあなたに似ていて、あなたに確信があると言っても、証明するのにＤＮＡ鑑定が必要になるかもしれないわ」

「かまわないよ」カルロは落ち着いた口調で言った。「でも、その必要はないと思う。君がジェイソンに話をしてくれたら、明日みんなで集まることにしよう。ブリスベンに戻る前にはっきりさせておきたい。お願いしてもいいかな、オリヴィア？」彼は懇願するように言った。「君をつらい目にあわせているのはわかっている。だが、運命がこんな試練を与え、君はその真っただ中にいるんだ」

昼になってようやくジェイソンが戻ってきた。出迎えたオリヴィアはすぐに、彼の顔が蒼白になっているのに気づいた。

オリヴィアは大きく息を吸いこんで尋ねた。「どうしたの？　大丈夫？」彼女はジェイソンの手を握り、彼の顔を見あげた。「どうしたの？」オリヴィアはふいに、彼に結婚できないと言われた日のことを思い出した。

「悪い知らせだ、リヴ。ミーガンが帰ってきた」

あまりの衝撃に、オリヴィアは一瞬言葉を失った。

「そうなると思ってたわ！」彼女はついに叫んだ。「ミーガンは永遠に私たちのじゃまをするつもりなのよ！　それで、彼女の望みはなんなの？」

ジェイソンはむなしい声で笑った。「金さ」

オリヴィアの銀色の瞳が光を放った。「お金を渡せばいなくなるというわけ？」

「彼女はそう言った」

「だれがそんな言葉を信じるの？　彼女は何度も嘘をついてるのよ。お金を渡してもまた戻ってくるだけだわ。脅しに屈するなんて私はごめんよ」

「脅されているのは君ではない。僕だ」

「彼女はどこにいるの？」

ジェイソンはうしろを見た。「車の中だ。そこで待っていろと言った」

「よくもハヴィラーに連れてこられたものね。私はあなたの元妻と話がしたいわ、ジェイソン」オリヴィアは怒りをあらわにして言った。

「ミーガンはタリーに会わせろと言っている」

「あなたはそれを受け入れたの？」

ジェイソンはいらだたしげに答えた。「彼女はタリーの母親で、娘を返せと言っている。裁判になれば母親のほうが有利だ。むげにはできない。僕だって君をこれ以上つらい目にあわせたくはないから、困っているんだ。だが、タリーの気持ちもきいてみようと思っている。あの子が母親に会いたいと言ったら、二人を家に連れて帰るよ」

オリヴィアの中に再び怒りがこみあげた。「ゆうべあなたは言ったじゃないの、ジェイソン。私を愛している、今までもずっと愛していた、今度こそ結婚しようと。それなのに、私たちに大きな苦しみを与えたミーガンをここに連れてきたというの？」

「僕にどうしろというんだ？　彼女はタリーの母親だ。ひどい母親かもしれないが、その事実は変わらない。それにたいした女優だ。裁判所で、少なくとも親権を僕と共有する権利を得るくらいの演技はしかねない」

「でも、お金を渡せばいなくなるんでしょう？」オリヴィアは必死に自制心を保とうとした。「いくら欲しいと言ってるの？」

ジェイソンは顎をこわばらせた。「二十五万ドルだ」

オリヴィアは声をあげて笑った。「どうしてきりよく百万ドルにしないのかしら？」

「ミーガンにとって二十五万ドルは大金だよ、リヴ。それに、僕にもそんな金を彼女に分けてやることはできない」

「ええ。でも、私にはできるわ。そして、彼女はそれを知っている。私たちがよりを戻したことも、私がハリーの遺産を受け継いだことも。あなたが家に帰ったら彼女がいたの？」

ジェイソンは大きなため息をついた。「ああ」

「あなたのベッドで待っていたと言われても、私は驚かないわ」

「落ち着くんだ、リヴ」ジェイソンは警告した。

オリヴィアはその言葉を無視した。「ついに悪夢が現実になったのよ！　このままここで話してなどいられない。ミーガンと話してくるわ。あなたはタリーを連れてきて。裏のテラスでパズルをしているから」

「ミーガンになんと言うつもりなんだ、リヴ？」

「私にまかせておいて。ずっとこの機会を待っていたのよ」

ジェイソンは満開の鳳凰木の下に四輪駆動車をとめていた。「降りて、ミーガン」オリヴィアは反抗的な生徒を相手にするときの声音で命じた。「ちょっと歩きましょう」

ミーガンは車を降りた。オレンジ色の花が描かれた黄色のサンドレスを着て、黄色のサンダルをはいている。化粧はしておらず、ブロンドに染めた髪を逆立てているが、その髪型はやせ細った体にまったく似合っていなかった。「それで、お元気なの、プリンセス？」ミーガンは傲慢な口調で尋ねた。

オリヴィアは冷静に、ほとんど哀れむような目でミーガンを見た。「昔はあなたを好きだと思ったこともあったわ。でも、あなたはだれにも好かれていなかった。そこで気づくべきだったのに、私はあなたに手を貸そうとした。そして、あなたに花嫁付添人まで頼んだわ。あのころのあなたは今よりずっとかわいかった。どうしてそんなふうになってしまったの？　ほとんど食べていないみたいだし、やまあらしみたいなその髪形も全然似合っていないわ」

ミーガンはオリヴィアをにらみつけた。「よけいなお世話よ。だれもがあなたのようになれるわけじゃないわ。私は娘に会いに来ただけ。いけないかしら？」

「ナタリーに会えなくて寂しい？」オリヴィアはわざと愛想よく尋ねた。

「私だって血も涙もない女というわけじゃないわ」

「あら、あなたはまさにそういう女よ。自分でそれに気づかないなんて驚きだわ。第一に、あなたは病的な嘘つきよ」

「こんなことには耐えられないわ」

「耐えてもらうわ、ミーガン。私の敷地に足を踏み入れたのが間違いだったのよ。ここから逃げ出すことができればラッキーね。タリーはジェイソンの子ではないんでしょう？」

ミーガンはたちまち色を失った。「もちろんあの子は彼の子よ！」彼女は言い、腹部を押さえた。

「いいえ、違うわ」オリヴィアは穏やかに訂正した。

「あなたもよく知っているように、タリーはカルロ・デ・ルカの子供よ」

ミーガンは明らかにひるんだ。「証明できるの？」

「とても簡単にね」オリヴィアは鳳凰木の枝で陰になっている小道を進みながら続けた。「ＤＮＡ鑑定をすれば、父親がだれなのかはっきりわかるのよ。どうしても証拠が必要ならね。タリーはカルロの妹のジーナの小さいころにそっくりなの。血は争えないものね。あなたには同情するわ、ミーガン。ミセス・デ・ルカに事実が知られたら、ただではすまされないでしょう。私にもあなたをひどい目にあわせる権利があるはずだけど、やめておくわ。不愉快になるだけだもの。結局、あなたはジェイソンに抱かれなかったんでしょう？」

「抱かれたわ」ミーガンの声はショックのあまり震えていた。

オリヴィアはかぶりを振った。「もう嘘はおやめなさい。あなたはおとなしそうな顔をして私をだました。私に意地悪をして、なんとかジェイソンとの結婚をやめさせたかったのね。そこへまたとないチャンスが訪れ、あなたはそれをつかんだ。彼が酒に酔っていたなんてとんでもない話よ。たぶん薬を盛られたんでしょう」

「うるさいわね」ミーガンはオリヴィアに挑むような視線を向けた。「彼のお酒に薬を入れたのは私じゃないわ」

「それじゃあ、ショーンかそのろくでもない友達かしら？　とにかく、あなたはチャンスを見つけ、倒れたジェイソンを自分の腕の中に抱きとめた。他人の婚約者にそんなことをするなんて、本当に恐ろしいわ！　ジェイソンを信じなかったのは悪かったと思うけど、彼はあなたを抱きはしなかった。酔っていてそれどころではなかったはずよ。そのあと妊娠しているとわかったとき、あなたはすぐに決心した。ジェイソンをだまして自分と結婚させようと。哀れなオリヴィアのことなど気にする必要はないと思ったんでしょう。彼女はきっと激怒して、愛した男性に裏切られたと決めつけるはずだと。その点では確かに私が間違っていたわ」

「そのとおりよ！」ミーガンは意地の悪い笑みを浮かべた。「私はあなたなんてどうでもよかった。あなたには私がどんなつらい思いをしてきたかわからないわ。ジェイソンは私が愛した唯一の男性よ。私が彼に抱かれなかった、ですって？　結婚してから何度も抱かれたわ。彼は私の夫だったのよ」ミーガンはおおげさに目をくるりと動かした。「彼に抱かれるのは最高だったわ」

オリヴィアはミーガンの顔を平手打ちしてやりたい衝動を必死に抑えた。「さぞかし勝ち誇った気分だったでしょうね。でも、ジェイソンはいっときも私を忘れなかったはずよ」

ミーガンは頬を赤黒く染め、あとずさりした。

「あなただって彼を手に入れることはできなかった。それははっきりしているわ」ミーガンは不安げに前方を見た。オリヴィアは石柱で作られた東屋に向かって歩いていく。そこにはアメリカのうぜんかずらの蔓が巻きつき、鬱蒼としたトンネルのように見えた。真っ暗なトンネルの奥を見てミーガンはぞっとした。オリヴィアは今や昔のようにやさしくだまされやすい女性ではない。まるで鉄のように厳しい女性だ。「いつまで歩くの？」

「話が終わるまでよ」オリヴィアは穏やかに答え、花を摘んだ。「あなたは遠くに行けばいいわ、ミーガン。そして、二度と戻ってこないで。どこかできちんとした仕事を見つけなさい」

ミーガンはうつろな声で笑った。「そうなってほしいのね？　あなたはようやく真相を突きとめたみたいだけど、ジェイソンは気づいていない。彼にはこの秘密を話してないんでしょう、オリヴィア？　彼を愛しているんだもの、苦しめたくないわよね。タリーは彼の子ではないという事実を心に秘めたまま、あなたは生きていけばいいわ。私は新しい生活を始めるためにちょっと資金が欲しいだけなの。話し合えばきっとうまくいくわ。あなたは賢いから、ジェイソンのためにそうするはずよ」

ミーガンの不安げなようすに気づきながらも、オリヴィアは歩きつづけた。「カルロのことはどうなの？　彼は娘がいると知る権利があるんじゃないかしら？」

ミーガンの顔がまだらに赤くなった。「カルロはいいのよ。なにも知らないんだから関係ないわ。それに、彼はシドニーにいるんだし」

「今はブリスベンよ」

ようやくトンネルを抜けると、ミーガンはぴたりと足をとめた。「ああ、まるで海の底を泳いでいるみたいだったわ」彼女はこの先の古い寺院の廃墟のような庭園には入りたくなかった。「ブリスベンだってだいぶ遠いわ。ここは大きな国なんだから！」

「狭い世界よ。彼の両親や妹はどう？　タリーを見たらすぐに血がつながっていると気づくわ」

「まさか。ジェイソンに気づかれるんじゃないかと思ったこともあったけど、大丈夫だったわ。ねえ、私はもうこれ以上先に行きたくないわ。こういうアーチとか彫像とか、古いものは嫌いなの。沼とか白い百合なんて気味が悪いわ」

「あなたは自然が好きではないのね。熱くて湿気の多い地方に湖や沼、東屋があるのは当然のことよ。気味が悪いと思うのは罪の意識があるからでしょう。でも、心配いらないわ。あなたを沼に溺れさせようなんて思っていないから」

「本当はそうしたいと思ってるくせに」ミーガンは太陽の下で身震いした。

「あなたには指一本触れたくないわ。それに、私はカルロの家族になにも言うつもりはないの。彼らはほうっておいてもタリーが自分たちと血がつながっていることにすぐに気づくでしょうから」

「ああ、この香り！　気分が悪くなりそう！」ミーガンは初めて動揺をあらわにし、声を張りあげた。

「人は自分の見たいものしか見ないわ。あの賢いジェイソンが、タリーの瞳は自分と同じだと信じているんだもの。実際はカルロの瞳と同じなのに」

「ええ！　妹のジーナもカルロの父親も、同じ瞳だわ」

「彼らがあの子に会うはずないわ」ミーガンは弱々しい口調になって言った。

　オリヴィアは優雅な庭園ベンチのわきで足をとめた。「嘘はいつかばれるものよ、ミーガン」

　ミーガンは唇を噛み締め、少し考えてから言った。

「十万ドルでいいわ。それなら問題ないでしょう。

もう二度とあなたをわずらわせないから」

「それはカルロ・デ・ルカに言ったらどう?」

「どういう意味?」ミーガンは瞳に恐怖の色を浮かべ、オリヴィアを見た。

「カルロは事実を知っているという意味よ。彼はクリスマスを過ごすために両親の家に滞在していて、ゆうべここで開かれたディナーパーティにやってきたの。タリーは二階でぐっすり寝ていたんだけど、カルロが帰ろうとしたときに、怖い夢を見たと言って一階に駆けおりてきた。そして、実の父親と対面したというわけ。カルロはすぐに気づいたわ」

「そんな!」ミーガンは体を震わせ、ベンチをつかんで体を支えた。「彼はなんて言ったの?」

「彼は」オリヴィアは哀れむようにミーガンを見た。「自分の母親もすぐに気づくだろうと言っていたわ。ベラはとても恐ろしい女性よ。きっとあなたに対してひどく腹を立てるでしょう」

ミーガンは喉をつまらせた。「おかしなことを言わないで! 私は彼女になんか会わないわ」

「カルロはどう?」

「まさか! 面倒はごめんよ。私はもう十分苦労したんだもの。あなたにはわからないでしょうけど」

「そうね。でも、その多くはあなたが自分で種をまいた問題よ。そのことに気づいてる?」

「ああ、もうやめて! あなたみたいに幸せな人にはわからないわ」ミーガンはわめいた。「あなたはジェイソンを取り戻したし、こんなに大きな屋敷まで自分のものにした。それに引き替え、私になにがあるというの?」

「あなたにふさわしいものでしょうね、きっと」オリヴィアは歩きはじめた。「ねえ、本当にタリーに会いたいの? もちろんとめないわ。私は残酷な怪物ではないから」

「親切ぶるのはやめて、オリヴィア。ナタリーには会いたくないわ。あの子にはなんて言っていいかわからないし、なんの感情も抱いていないのよ」

「信じられないわ！」オリヴィアは大きなため息をついた。「でも、その原因はあなたの子供時代にあるんでしょうね。とにかく、あなたは負けよ。タリーはすばらしい子供だわ。頭もいいし、かわいいし、おもしろい。もう一つ教えてあげましょう。カルロはあの子を引き取りたいと言ってるの！」

ミーガンはぽかんと口を開けた。「まさか、そんなはずないわ」彼女は首を振った。

「みんながあなたと同じ考えとは限らないでしょう。親子の絆というのはとても強いものよ」

ミーガンは自分の世界が崩れていくような気がした。「それで、ジェイソンは？」

「ああ、そうね。ジェイソンがあなたの切り札だったわね！　でも、その切り札はもうなんの力も持っていないわ。ジェイソンはまだ事実を知らないけど、もうすぐ知ることになるでしょう。私がどうするつもりか教えるわ。これはあなたへの最後の親切だから、きっと断れないはずよ。私はあなたに一万ドルの小切手を書くわ。本当はあなたにお金を受け取る資格なんてないけど、あなたはタリーの母親だし、私は哀れみも感じているから。ただ、小切手を受け取るには条件があるの。電車か飛行機かバスに乗って、遠くへ行ってちょうだい。それも今日のうちに。でないと私の気が変わるかもしれないわ。一万ドルあれば、仕事が見つかるまで生活できるでしょう。それから、ジェイソンに送ってもらうとき、カルロがタリーの父親だとは言わないで。ブリスベンまでのチケットを買うための現金も渡すわ。そこからどこに行くかは自分で決めて。ジェイソンになにか言ったら彼の反応ですぐにわかるから、そうしたら小切手を使えなくするわよ。どうしてこんなことを言うのか自分でもわからないけど、あなたの幸せを祈ってるわ。ただ、もう帰ってこないで」

オリヴィアは車のそばにミーガンを立たせたまま、芝生を横切って屋敷に向かった。

ジェイソンは白い柳細工の肘掛け椅子に座っていた。足を投げ出し、宙を見つめている。

「タリーはどこ？」オリヴィアは周囲を見まわして尋ねた。

「二階に隠れているよ」ジェイソンはそっけなく言い、ゆっくりと立ちあがった。「母親には会いたくないそうだ。僕は無理強いはしたくないからね」

「だれがあなたにそんなことをしろと言ったの？」

オリヴィアはジェイソンの瞳に敵意の色が浮かんでいるのに気づいた。

「君にはわからないんだよ、リヴ」ジェイソンは頭を振った。「ミーガンはきっと君にお涙ちょうだい話をでっちあげたんだろう。だが、彼女は本当にひどい女なんだ」

オリヴィアは怒りを爆発させた。「彼女をここに連れてきたのはあなたよ。私に八つあたりするのはやめて。動揺しているのはわかるけど」

「ほかのだれに八つあたりできるというんだ？　君が去ってから、僕の人生ですばらしいものはタリーだけだった。それなのに今になってミーガンが現れ、脅迫してきた。僕は絶対にタリーを手放さない。ミーガンのことならよくわかっている。彼女は僕たちを困らせるためならなんでもする。タリーを売り飛ばしさえするかもしれない」

「ミーガンはもうなにもしないわ。今、車のところにいるけど、タリーには会いたくないそうよ」

「君も彼女に脅されたんだろう？」

「二十五万ドルなんて額は受け入れなかったけれどね。私はそこまでばかじゃないわ」

「でも、君は僕以外の人に対してはやさしいから」

「本気で言ってるの？」オリヴィアはほんの数時間前にジェイソンと愛し合ったことを思い出した。

「君はずっと、僕には二度と会いたくないと言っていたじゃないか」ジェイソンは言い返した。「ああ、すまない。忘れてくれ。ミーガンが現れたことでひどく動揺しているんだ」

これからもっと動揺することになるでしょう。

「彼女のことなら私がうまく話をまとめたわ」オリヴィアはさっきよりやさしげな口調で言った。「二十五万ドルではなく、一万ドルで話をつけたの」

ジェイソンは頭をのけぞらせて笑った。「その金がなくなったら、彼女はまた戻ってくるだろう。僕たちからしぼりとれるだけしぼりとるつもりだ」

「そうはさせないわ」オリヴィアはかぶりを振った。

「これから小切手を書いて、ブリスベンまで飛行機か電車に乗れるだけの現金と一緒に彼女に渡すの。もしよかったら、彼女をどこかのターミナルまで送ってもらえないかしら？」

ジェイソンはしばらくオリヴィアを見つめていた。

「君は本当に堂々としているな。まさにこの屋敷の主（あるじ）らしいよ。もちろん君が彼女に払った金はあとで僕が返す。今は小切手を持っていないから」

「ありがとう、ジェイソン。あなたのそういう礼儀正しさが大好きよ。でも、私のおかげでずいぶん値切ることができたでしょう？」

「よくやったよ！」ジェイソンは軽く敬礼した。

オリヴィアはさっそく玄関ホールに向かったが、ドアの前で足をとめた。「中に入ったらタリーを見つけて、もう大丈夫だと伝えておくわ」

「ゆっくり言い聞かせてやってくれ」ジェイソンは言った。

ミーガンを乗せた車が去っていくところをオリヴィアが居間から見ていると、タリーが隣に来た。

「もう行った？」タリーは体を震わせ、オリヴィアの手をきつく握り締めた。

「なぜママに会わなかったの、スイートハート？彼女にぶたれたから？」

「ママは私を殺しに来たんだと思ったの」タリーは驚くほど強い口調で言った。

「そんなことないわ」オリヴィアは大きく首を振った。「あなたのお母さんはとても傷つきやすい人なの……この言葉の意味がわかるかしら？」

「わかるわ」タリーはオリヴィアを見あげた。「悲しいってことでしょう」

「ああ、そうね。あなたは本当に頭がいいわ」

「だって本をたくさん読んでいるもの」

「本が好きなら楽しい人生を送れるでしょう。とにかく、お母さんは子供のときにとても傷ついてしまったの。彼女はほかの人を傷つけるのと同時に、自分のことも傷つけているのよ。だからとてもつらい思いをしているの。お母さんのことはかわいそうだと思わなくてはね、タリー。彼女は彼女なりのやり方であなたを愛しているはずよ」

「そんなことないわ」タリーは穏やかに否定した。「もういいの、リヴィ。私は気にしてないもの。パパは私を愛しているし、ひいお祖母ちゃんも、リヴィも私を愛している。それにダニーも。そういえば、ミスター・カルロはまた私に会いに来てくれるかしら？」

「彼もあなたを気に入っているわ」オリヴィアは静かに言った。「カルロの名字はデ・ルカというのよ。彼の家族はイタリア系の一族なの」

「私と同じね」タリーはうれしそうに言った。「あの人はパパみたいにきれいなブルーの瞳とすてきな声をしているわ。もちろん、パパほどハンサムじゃないけど。でも、とてもすてき。ねえ、ダニーが遊びに来てほしいと言っていたんだけど、リヴィから彼のママに電話してもらえる?」

ダニーのような友達がいれば、母親なんていらないだろう。オリヴィアはそう思いながらタリーと手をつなぎ、電話に向かった。タリーが出かけていたほうがジェイソンとも話しやすい。カルロと会う前に、私から彼に真実を話しておかなくてはならない。

ジェイソン、私のいとしい人! 彼が直面する避けられない別れを思うと、胸が痛む。それに、私は改めて自分の愚かさを思い知った。ジェイソンはあのとき、哀れなミーガン・ダフィのために正しいおこないをしようと決意したのだ。そして、七年の歳月が失われた。だが、タリーは私たちに喜びをもたらしてくれた。

彼女がカルロ・デ・ルカの娘であるという事実を除けば。

11

オリヴィアは鳴っている電話に駆け寄った。きっとジェイソンからだろう。だが、出てみるとカルロの婚約者のリアンからで、昨夜のパーティのお礼を言われた。幸せそうなその口ぶりから判断すると、カルロからまだなにも聞いていないらしい。

三時になってもジェイソンが帰ってこないので、オリヴィアは心配になってきた。遅くとも二時には戻ってくると思っていたのに。なにかあったのだろうか? 最後になってミーガンが行くのをしぶったのだろうか? もう少しお金を取ろうとしたのだろうか?

だが、その十分後にジェイソンが戻ってきて、オリヴィアはほっとした。

彼女は階段を駆けおりてジェイソンを出迎えた。「とても心配してたのよ。どこまで行ったの？」

車から降りたジェイソンが答えた。「まずはミーガンの荷物を取りに行ったんだ。それでたっぷり一時間かかった。それから彼女をバスターミナルまで送り、バスが来るまで一緒に待った。彼女はものすごく不機嫌だったよ。君がなにをしようと、彼女は絶対に満足しないだろう」

「戻ってきさえしなければそれでいいわ」

「期待しないほうがいいな。相手はミーガンだ。さあ、中に入ろう。冷たいビールが飲みたい」ジェイソンはオリヴィアの腰に腕をまわした。「タリーはどこだい？」

オリヴィアはジェイソンの肩に頭をのせた。「ダニーのところに遊びに行ったわ。彼のお姉さんが迎えに来たんだけど、あなたがいなくてがっかりしていたみたい」テラスまで来ると、オリヴィアは言った。「さあ、涼しいからここに座って。飲み物を持ってくるわ。本当に大変な一日だったわね」

「まったくだ！」ジェイソンはうめくように言い、柳細工の椅子に深く腰かけた。「タリーがあと一、二時間は帰ってこないなら、君と愛し合いたいよ。僕に抱かれて眠るのがどんなに心地いいかわかったかい？」

誘惑するようなジェイソンの声に、オリヴィアは頬を染めた。「私たちはほとんど眠らなかったんじゃない？」

「ちょっと目をつぶったくらいかな。ゆうべは今までの人生で最も喜びに満ちた時間だった。愛してるよ、リヴ。そういえば……」ジェイソンはふいに体を起こした。「君はなにか心配事があるんじゃなかったかい？」

オリヴィアはいつのまにかガードをゆるめていた。

ジェイソンを思うがゆえの愛と苦しみが顔に出てしまっていたらしい。「話し合わなくてはならないことがあるの」

ジェイソンはブルーの瞳を細めた。「ずいぶん深刻そうだな！　また僕のもとを去ってしまうなんて言うんじゃないだろうね？　ゆうべあんなに愛し合ったあとで。そんなことはさせないよ！」

「違うわ」

「それを聞いて安心したよ！　じゃあ、タリーのことかい？」

オリヴィアは視線をそらした。「ビールを持ってくるわ。それから話しましょう」

「今すぐ話してくれ。そんなにつらそうな顔をするなんて、いったいどうしたんだ？　まだ僕を動揺させるニュースがあるのかい？　約束するよ。二度とだれにも僕たちの人生をじゃまさせない」ジェイソンはオリヴィアを守るように腕をまわし、彼女の頭の上に顎をのせた。

「ああ、ジェイソン！」抑えきれず、オリヴィアの頬を涙が伝い落ちた。

ジェイソンはうろたえて息を吸いこんだ。「そんなにひどい話なのか？　最悪の事態はもう起こってしまったと言ったじゃないか。君は僕を愛している。そうだろう？」

「昔も今も、あなたを愛してるわ」オリヴィアはジェイソンを見あげた。「だからこそ、あなたを傷つけたくないの」

「僕たちが愛し合っていて、一緒にいられるなら、傷つくことなんてなにもないはずだよ、リヴ」

もう逃れられない。オリヴィアはジェイソンが途中で口をはさまないよう、彼の唇に指を当てた。「あなたに話す役目なんか引き受けたくなかったんだけど、私しかいないのよ」

「だったら話してくれ！」ジェイソンの表情が暗く

なった。「怖がらなくていい。たぶん君が言おうとしていることはわかっている。タリーは僕の娘じゃないんだね？」

「本当に残念だわ、ジェイソン」オリヴィアの低い声は悲しみに満ちていた。

「だが、あの子は僕が育てたんだ！」ジェイソンは苦しげに顔をゆがめて叫んだ。「僕はタリーを愛している。あのブルーの瞳は僕ゆずりだと思っていたのに。僕はなんてばかなんだろう！　レナータが前に言っていたよ。あの子の瞳は僕とは違うと。あれは警告だったのか？」彼は頭を振った。

「ミーガンは嘘をついたのよ、ジェイソン。彼女は最初からタリーの父親がだれか知っていた。あの晩、あなたはミーガンを抱いてなどいなかった。彼女がそう白状したの」

「タリーの父親はだれなんだ？」

「あのブルーの瞳を思い出して」オリヴィアは必死に冷静な声を保とうとした。「あの鮮やかなブルーを」彼女は守るようにジェイソンに腕をまわした。

「カルロじゃないだろう？」ジェイソンがぼんやりと言った。彼の顔からは血の気が引いていた。

「カルロはすぐに気づいたわ」

「君が気づいたようにね。どうして今まで黙っていたんだ？」

オリヴィアは深く息を吸いこんだ。「私を責めないで。どうしていいかわからなかったの。さんざん悩んだわ。あなたとタリーの悲しみを思って」

ジェイソンはオリヴィアから離れ、顔をそむけた。

「すべて話してくれ。カルロは自分の娘に気づいた。そして、彼女を引き取りたいと言っている。そうなのか？」

オリヴィアはジェイソンに同情のこもった視線を向けた。「ええ、そのとおりよ」

「それで、君は僕に話さざるをえなくなった？」

「ええ」オリヴィアはポケットからティッシュを取り出し、目に押し当てた。「カルロはみんなで話し合いたいと言っているわ。その前に、どうしても私の口からあなたに知らせておきたくて」

「君はいつも頼りになるよ」ジェイソンは辛辣な口調で言った。「好奇心からきくが、君はこのことについてどう感じてるんだい？」

「意味がわからないわ」

「つまり、これで君には義理の娘を育てる必要がなくなるという意味さ」

ジェイソンがつらい目にあっているのはわかっていたが、それでもオリヴィアはひどく傷ついた。

「今の言葉は忘れるわ。でも、どうしてそんなことをきくのかしら。こんな状況はあなたとタリーにとって本当につらいものだと感じているに決まってい るでしょう」

「きちんとした証拠を見せられるまで、僕はあの子が自分の娘でないとは信じない。証拠が出るまではカルロとも会いたくない」

「彼が証拠を手に入れたら？」オリヴィアは絶望的な気持ちで尋ねた。

「それはまだわからない。でも、今一番大切にしなくてはならないのはタリーの気持ちだ。どうしてあの子を住み慣れた環境から引き離したりできる？ 彼はそういうことを考えていないのか？」

「もちろん考えてるわ、ジェイソン」オリヴィアは静かに言った。「カルロも被害者なのよ。彼は赤ちゃんのころのタリーを知らずにここまできてしまった。この世に生まれてきたとき、初めて歩いたとき、初めて話したときのタリーを見逃してしまった。彼はすでにタリーを愛しているわ。あの子は彼の血と肉を分けた娘なのよ」

「重要なのはそれだけだというのかい？」

「あなたの気持ちはよくわかるわ」オリヴィアはジ

エイソンをじっと見つめた。「私に裏切られたような気がするんでしょう。でも、それは違うわ。これがどんなにつらい状況か、私はわかっている。あなたを裏切ったのはミーガン・ダフィなのよ」

「彼女がなぜあんな些細な金で納得したのか、これで理解できたよ」ジェイソンは冷たい声で笑った。「ここにいて責められるのが怖かったんだな。それで、タリーはなにも知らないのかい？」

「もちろんよ」

ジェイソンは顔を上げた。「あの子は何時に戻ってくると言っていたかな？」

「四時半よ」オリヴィアは静かに答えた。

ジェイソンは階段を下りながら言った。「タリーを迎えに行って、そのまま家に帰るよ。僕には考える時間が必要だ」

心の痛む話し合いはオリヴィアを疲労困憊させ、ジェイソンを悪夢の中で生きているような気分にさせた。そんな中で一番の驚きだったのは、タリーがこの状況を素直に受け入れたことだった。

「じゃあ、私にはパパが二人になるのね」タリーはジェイソンの膝の上で、興奮したように言った。「楽しそう。私はパパの娘でもあり、カルロの娘でもあるなんて」

「どういうことになるかわかっていないようだな、タリー」ジェイソンがやさしく説明した。「カルロとリアンが結婚したら、おまえは彼らと一緒に暮らすことになるんだ。あと三カ月したらね」

「あの二人とは暮らさないわ」タリーは首を振った。「私はパパとリヴィと暮らすの。パパたちも結婚するんでしょう？　私がフラワーガールを務めるわ」

オリヴィアは二人から視線をそらし、明かりに照らされた庭を眺めた。ジェイソンは結婚のことなどまったく考えられないと言いたげな顔をしている。

「もちろん、カルロとリアンのところには泊まりに行きたいわ」タリーは許可を求めるようにジェイソンとオリヴィアの顔を交互に見た。「カルロは私たちのために大きな家を買うんですって。本やCDやビデオや自転車も」

「みんなおまえを喜ばせるためさ」ジェイソンはタリーの巻き毛を撫(な)でた。「カルロの家族ともうまくやっていかなくてはね。彼の両親や、妹のジーナとも」

「最高ね！」タリーは熱っぽい口調で言った。「みんな私と同じイタリア系なのよ。ジーナ叔母さんは子供のころの写真を見せてくれたけど、私にそっくりだった。私はカルロのママも好きよ。私を見たら泣きだしちゃったから、こう言ってあげたの。大丈夫よ、大丈夫だからって。カルロのママは、私のママを絶対に許さないって言ってたわ」

「僕たちもそうさ」ジェイソンがつぶやいた。


「あの子はきっとこの事態もうまく切り抜けるだろう」タリーを寝かしつけたあと、テラスで星を見ながらジェイソンは言った。「子供というのは本当に適応力がある」その口調はどことなく悲しげだった。

「ありがたいことね」オリヴィアは息を吸いこみ、静かにつけ加えた。「ただ、問題はあの子は自分がここに住むんだと考えていることよ」

「タリーには今や家族がいる。そして彼らには、あの子を育てる準備ができている」

オリヴィアはジェイソンの気持ちを思い、胸が痛んだ。「彼らはあなたがタリーをどんなに大切に育ててきたか、よくわかってるわ。あなたから完全にタリーをとりあげたりはしないはずよ」

「どうでもいいさ」ジェイソンは肩をすくめ、ウイスキーをあおった。「僕にはかつて娘がいた。だが、今はもういない」

「まるで将来も子供を持つつもりはないと言っているように聞こえるわ」オリヴィアの我慢も限界に近づいていた。

声の調子で気づいたのだろう、ジェイソンはすぐに言った。「許してくれ、リヴ」オリヴィアへの愛が苦しみを打ち負かした。彼女はとても大切な人だ。彼女がいなければこの困難を乗り切ることはできなかった。ジェイソンはオリヴィアに近づき、彼女の前でひざまずいた。「僕が落ちこんだとき、君がどんなに大きな支えになってくれたかわからない。僕はそれに慣れきってしまっていた。許してくれ。あまりにもショックで、頭が働かなくなっていたんだ。これで世界が終わってしまうわけではない。タリーはきっと大丈夫だろう。すでにカルロも彼の家族も、タリーを愛している。僕はある時期彼女を育てた義理の父親ということさ」

オリヴィアの目に涙があふれた。「あなたはすばらしい仕事をしたわ、ジェイソン。父親と母親の両方の役割を果たしたんですもの」

「ああ」ジェイソンはそうつぶやきつつ、この胸の痛みは永久に消えないだろうと思った。「僕たちはみんな、あの子を愛している。この困難な状況で、僕たちはなによりもタリーの気持ちを一番に考えなくてはならない。しばらくの間、タリーには家族が二つできる。僕たちと生活したと思ったら、次はカルロのところで生活する。そんな状況で心に傷を負わなければいいと願うだけさ。だが、幸いあの子はドラマチックなことが好きだ」

「少なくとも、タリーはすぐにカルロを気に入ったし、カルロもそうだったわ」オリヴィアはなんとかジェイソンの気持ちを楽にしようとした。

「親子の絆(きずな)はなによりも強いんだな」

オリヴィアはジェイソンの腕にやさしく触れた。

「だからといって、タリーのあなたへの愛は変わらないわ。あなたの彼女への愛も」

ジェイソンは眉を寄せた。「タリーを彼らに渡すのがいやなわけじゃない。彼らはタリーの家族だし、彼らを責めることなどできない。すべての原因はミーガンにあるんだから。心配しないでくれ、リヴ」

ジェイソンはなんとかほほえもうとした。「そのうち自分の中で整理がつくだろう。ただちょっと時間が欲しいだけさ。君がそばにいてくれれば、どんなことにも耐えられる」彼はオリヴィアの手を取り、その指先にキスをした。「僕は子供が欲しい。僕たちの子供が。愛してるよ、リヴ。信じてくれるだろう?」

オリヴィアの目に再び涙がこみあげてきた。彼女はふいに立ちあがり、テラスの端に行くと輝く星を見あげた。

ジェイソンはすぐにオリヴィアを追いかけ、彼女を振り向かせた。「君を愛している!」彼はオリヴィアの顔や喉にキスの雨を降らせ、彼女の涙を味わった。「あんなふうに怒っていた僕を許してくれ」

「許すことなんてなにもないわ」オリヴィアは手を伸ばし、ジェイソンの頬を撫でた。「タリーが言っていたように、大丈夫よ」

「誓ってくれ!」ジェイソンが情熱のこもったまなざしでオリヴィアの目をじっと見つめた。

「私たちは強いわ。そうでしょう?」オリヴィアはほほえんだ。「ミーガンにどんなにひどい目にあわされても、なんとか切り抜けてきたんだもの」

「ああ、そうさ。君を求める気持ちはますます強くなっているよ。僕たちは近いうちに結婚する。そうだろう?」ジェイソンは熱っぽく言い、オリヴィアの手を自分の唇に押し当てた。

「すぐにでもいいと思うけど」彼女は小声で言った。

ささやくようなその声に深い愛情を感じ、ジェイソンは心を揺さぶられた。「僕はようやく君を取り戻した。ハリーが僕たちを再び引き合わせてくれたんだ。ハリー、あなたが亡くなって本当に寂しいよ」ジェイソンは空を見あげた。「きっとあなたは僕たちを見おろしているんだろう。それに、夢を叶えた将来の僕たちの姿も、あなたには見えているんだろうね」彼はオリヴィアに向き直った。「僕が今まで愛したのは君だけだし、これからもそれは変わらない。僕たちはタリーのそばにいるし、デ・ルカ家の人々はみんないい人たちだ。彼らと協力してやっていけばいい。それに、僕は君との間に子供を十六人作るつもりだ！」

　オリヴィアは数日ぶりに声をあげて笑った。「十六人？」

「聞こえただろう」ジェイソンはすばやくオリヴィアを抱き寄せ、身をかがめた。「十六人だ」彼はかすめるように彼女の唇にキスをしてから、腕に力をこめた。「君をベッドから出させはしない」

　ジェイソンの瞳に浮かんだ情熱に刺激され、オリヴィアはゆっくりと彼のシャツのボタンをはずしはじめた。むき出しになった胸に顔を埋めると、彼の力強い鼓動がこう訴えているようだった。

　オリヴィア、僕は君のために生きているんだ！

　オリヴィアはジェイソンの手を自分の胸に導いた。

「さっそく始めたほうがいいんじゃないかしら？」

「ああ、そうだな」ジェイソンのかすれた声には切望がこもっていた。「君がそばにいてくれれば、僕はなんだってできる」彼はオリヴィアを思いきり抱き締め、激しいキスをした。そして、ついに立っていられなくなった彼女を抱きあげ、ベッドに運んだ。

　人にとっての幸せは愛し、愛されることだ。家族を結びつける絆の中心にはいつでも愛がある。

エピローグ

二年後。

コーリー家の赤ん坊の洗礼式。

ステンドグラスの窓から太陽の光が差しこみ、まるで万華鏡のように教会の中に降りそそいでいた。教会の奥には真っ白い花が美しく飾られている。数人のグループが薔薇(ばら)色の筋の入った大理石の洗礼盤を囲み、銀髪の牧師が洗礼の儀式をとりおこなっていた。若く美しい母親オリヴィアは天使のような赤ん坊を抱き、その隣には背が高くハンサムな夫ジェイソンが寄り添っている。

彼らをやさしく見守るように、三組の教父母たちが並んでいた。一組目はティムとルーシー・カルヴァート夫妻。ルーシーはオリヴィアの古くからの友人で、彼女の結婚式では花嫁付添人のリーダーを務めた。二組目は新婚のベンとロビン・ライリー。そして最後は、カルロとリアン・デ・ルカ。二人の前には娘のタリーが立ち、カルロがその両肩にやさしく手を置いている。

タリーは誇らしい思いでいっぱいだった。彼女は曾(そう)祖母のレナータが作ってくれた繊細な刺繍(ししゅう)のほどこされた白のドレスを身につけ、つややかな黒髪に大きな青いサテンのリボンをつけていた。杏(あんず)色の髪と濃いブルーの瞳をした、ヘンリー・ハリー・マイケル・アレクサンダー・コーリーの洗礼式のおこなわれる今日という日は、タリーにとって特別な一日だった。

ハリーは本当にかわいらしい。ハリーが生まれて最初に病院に行ったとき、オリヴィアはタリーに赤ん坊を抱かせてくれた。そのときから彼女はハリーに夢中になった。ハリーはとてもいい子だと、タリーは思った。小さな愛らしい額に牧師から聖水をかけられても、まったく泣かずにいるなんて。

ハリーの次にすばらしいのはパパとリーだ。私は今や大きな家族の一員となった。両肩に置かれたパパの手からは温かいぬくもりを感じる。

ジェイソンとリヴィの結婚式で、私は望みどおりフラワーガールを務めた。その数カ月後のパパとリーの結婚式でも。二人がバンコクにハネムーンに出かけたときは、ジェイソンとリヴィが暮らしているハヴィラーに泊まった。私はみんなに愛されていて、とても幸せだ。

そして、今度は小さなハリー！　この子が大きくなるのをそばで見られるなんてすばらしい。パパは私のために、ハヴィラーからそれほど遠くない場所に家を買った。パパはハリーが生まれた病院で働いている。やさしいパパ。でも、私が実はまだジェイソンのことを大好きだとは気づいていないみたい。

私は賢いから、ジェイソンが本当のパパでない理由はすぐに理解できた。でも、彼のことは大好きだ。だって彼は神様が私に与えてくれた父親だから。

式が終わると、一同は車に向かった。教母のロビンがハヴィラーにお祝いのブランチを用意してくれているからだ。ロビンはベン・ライリーと再婚して幸せな生活を送っていたが、大好きなレストランの仕事は続けていた。

タリーは父親のもとへ駆けていき、彼の手をつかんだ。「ジェイソンたちの車に乗っていってもいい、パパ？　ハリーが私にそばにいてほしいみたいなの」

「もちろんだよ、ダーリン」カルロはほほえみ、スキップしていく娘を見守った。まさかタリーが、こんなに早くこのむずかしい状況を受け入れてくれるとは思ってもみなかった。ジェイソンとオリヴィアのやさしさにも心から感謝している。ヘンリーの教父母を頼まれたことは光栄だ。おかげで彼らとの絆（きずな）もますます強いものになるだろう。

「ハリーはとってもハンサムよね？」

「そうね」オリヴィアはタリーに向かってほほえんだ。二人と赤ん坊はジェイソンの運転する車の後部座席に乗っていた。

「髪はジェイソンと同じね。瞳はきっときれいなブルーになるでしょう」タリーはそっと赤ん坊の頭を撫（な）でた。「本当に、なんてかわいいのかしら！」

「もちろん僕と同じブルーの瞳になるさ」ジェイソンがきっぱりと言った。「君はこの子に気に入られているみたいだな、タリー」

タリーは輝くような笑みを浮かべた。「そうなの。私の指をつかんで放さないんだもの。ハリーの写真をたくさん撮っておきたいわ。いいでしょう？」

「もちろんよ。あなたたち二人が一緒の写真もね」

「うれしい！」タリーはハリーのまるまるした手にキスをして、赤ん坊らしい甘い香りを思いきり吸いこんだ。「私は子供をたくさん産むわ」

オリヴィアはやさしくほほえんだ。「あなたはきっとすばらしいお母さんになるわよ、タリー」

「どうして子供がたくさん欲しいかわかる？」タリーは幸せそうに尋ねた。

「どうしてだい、ハニー？」ハヴィラーの長い私道に車を走らせながら、ジェイソンはちらりとうしろを見た。

「だって、家族って最高だもの！」タリーは答えた。

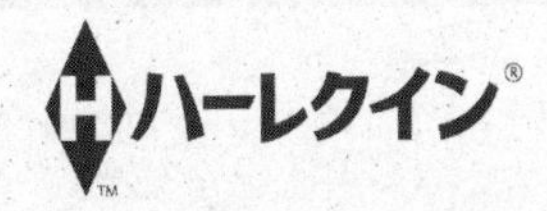

ハーレクイン・イマージュ　2005年7月刊（I-1764）

罪な再会
2024年12月5日発行

著　　者	マーガレット・ウェイ
訳　　者	澁沢亜裕美（しぶさわ　あゆみ）
発 行 人	鈴木幸辰
発 行 所	株式会社ハーパーコリンズ・ジャパン 東京都千代田区大手町1-5-1 電話 04-2951-2000（注文） 0570-008091（読者サービス係）
印刷・製本	大日本印刷株式会社 東京都新宿区市谷加賀町1-1-1
表紙写真	© Winning7799 | Dreamstime.com

ISBN978-4-596-71687-3 C0297

◆◆◆◆ハーレクイン・シリーズ 12月5日刊 発売中

ハーレクイン・ロマンス
愛の激しさを知る

祭壇に捨てられた花嫁	アビー・グリーン／柚野木　菫 訳	R-3925
子を抱く灰かぶりは日陰の妻 《純潔のシンデレラ》	ケイトリン・クルーズ／児玉みずうみ 訳	R-3926
ギリシアの聖夜 《伝説の名作選》	ルーシー・モンロー／仙波有理 訳	R-3927
ドクターとわたし 《伝説の名作選》	ベティ・ニールズ／原　淳子 訳	R-3928

ハーレクイン・イマージュ
ピュアな思いに満たされる

秘められた小さな命	サラ・オーウィグ／西江璃子 訳	I-2829
罪な再会 《至福の名作選》	マーガレット・ウェイ／澁沢亜裕美 訳	I-2830

ハーレクイン・マスターピース
世界に愛された作家たち
～永久不滅の銘作コレクション～

刻まれた記憶 《特選ペニー・ジョーダン》	ペニー・ジョーダン／古澤　紅 訳	MP-107

ハーレクイン・ヒストリカル・スペシャル
華やかなりし時代へ誘う

侯爵家の家庭教師は秘密の母	ジャニス・プレストン／高山　恵 訳	PHS-340
さらわれた手違いの花嫁	ヘレン・ディクソン／名高くらら 訳	PHS-341

ハーレクイン・プレゼンツ作家シリーズ別冊
魅惑のテーマが光る
極上セレクション

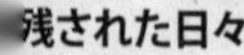

残された日々	アン・ハンプソン／田村たつ子 訳	PB-398

※予告なく発売日・刊行タイトルが変更になる場合がございます。ご了承ください。

12月11日発売 ハーレクイン・シリーズ 12月20日刊

ハーレクイン・ロマンス　愛の激しさを知る

極上上司と秘密の恋人契約	キャシー・ウィリアムズ／飯塚あい 訳	R-3929
富豪の無慈悲な結婚条件 《純潔のシンデレラ》	マヤ・ブレイク／森　未朝 訳	R-3930
雨に濡れた天使 《伝説の名作選》	ジュリア・ジェイムズ／茅野久枝 訳	R-3931
アラビアンナイトの誘惑 《伝説の名作選》	アニー・ウエスト／槙　由子 訳	R-3932

ハーレクイン・イマージュ　ピュアな思いに満たされる

クリスマスの最後の願いごと	ティナ・ベケット／神鳥奈穂子 訳	I-2831
王子と孤独なシンデレラ 《至福の名作選》	クリスティン・リマー／宮崎亜美 訳	I-2832

ハーレクイン・マスターピース　世界に愛された作家たち ～永久不滅の銘作コレクション～

冬は恋の使者 《ベティ・ニールズ・コレクション》	ベティ・ニールズ／麦田あかり 訳	MP-108

ハーレクイン・プレゼンツ作家シリーズ別冊　魅惑のテーマが光る 極上セレクション

愛に怯えて	ヘレン・ビアンチン／高杉啓子 訳	PB-399

ハーレクイン・スペシャル・アンソロジー　小さな愛のドラマを花束にして…

雪の花のシンデレラ 《スター作家傑作選》	ノーラ・ロバーツ 他／中川礼子 他 訳	HPA-65

文庫サイズ作品のご案内

◆ハーレクイン文庫・・・・・・・・・・・・・・毎月1日刊行
◆ハーレクインSP文庫・・・・・・・・・・・毎月15日刊行
◆mirabooks・・・・・・・・・・・・・・・・・毎月15日刊行

※文庫コーナーでお求めください。